AF280058

Zum BUCH

Ein Ferienhaus mitten in den Bergen – der perfekte Ort für ein Verbrechen? Officer Rick Campbell versucht, herauszufinden, was es damit auf sich haben könnte – und stößt relativ schnell auf einzelne Hinweise, die ihn Stück für Stück zur Lösung des Falles führen.

Sechs Freunde aus der Schweiz unternehmen einen Ausflug in die Rocky Mountains. Unter ihnen befindet sich auch der labile Raphael Keller, der gerade aus der Psychiatrie entlassen wurde. Doch statt Freude und geselligem Miteinander, entwickelt sich die Reise schnell zu einem Albtraum…

Zum AUTOR

Niklas Quast wurde am 7.3.2000 in Hamburg-Harburg geboren und wuchs im dörflichen Umland auf. Nachdem er eine Ausbildung zum Groß- und Außenhandelskaufmann absolvierte, arbeitet er nun in einem Familienbetrieb und widmet sich nebenbei dem Schreiben.

NIKLAS QUAST

DAS FERIENHAUS

ROMAN

1.Auflage 2025

Copyright © 2025 Niklas Quast
niklasquastautor@web.de
www.facebook.com/NiklasQuastAutor

Covergestaltung:
Galax Acheronian
www.acheronian.de

Alle Rechte vorbehalten

Niklas Quast
Metzendorfer Weg 5
21224 Rosengarten

Verlag:

BoD · Books on Demand GmbH, Überseering 33,
22297 Hamburg, bod@bod.de
Druck: Libri Plureos GmbH, Friedensallee 273, 22763 Hamburg

ISBN: 978-3-8192-6430-6

MIX
Papier aus verantwortungsvollen Quellen
Paper from responsible sources
FSC® C105338
FSC
www.fsc.org

1

Der Blick aus dem Fenster war so idyllisch, wie ihn Officer Rick Campbell selten zuvor gesehen hatte. Hinter dem Ferienhaus schloss sich eine saftige, grüne Wiese an, hinter der wiederum direkt ein glasklarer, vermutlich eiskalter Gebirgssee folgte. Noch dazu strahlte die Sonne vom strahlend blauen Himmel. Nichts, aber auch rein gar nichts deutete darauf hin, dass hier schreckliche Dinge geschehen waren - zumindest auf den ersten Blick. Campbell wandte sich von der trügerischen, wunderschönen Szenerie ab und versuchte, einen klaren Kopf zu bekommen. Das war jedoch weitaus leichter gesagt, als getan. Er öffnete das Fenster, welches sich direkt neben dem Tisch, an dem er Platz genommen hatte, befand, und gewährte so der frischen Luft Einlass. Heute war eigentlich Sonntag, sein freier Tag - was eben auch bedeutete, dass er sich, nicht, wie in den letzten Tagen, mit Begleitung im Ferienhaus aufhielt, sondern komplett allein vor Ort war. Es war ihm schon immer schwergefallen, abzuschalten und sich selbst herunterzufahren, wenn er nebenbei an einem Fall arbeitete. Noch dazu war eben dieser Fall der Schwerste, den er hatte - er war zwar noch nicht lange im Dienst, hatte jedoch bereits einiges erlebt. Er seufzte laut, stützte sich mit seinen Händen auf der Tischplatte ab und kam so auf die Beine. Sie hatten das Haus bisher noch nicht wirklich gründlich auf den Kopf gestellt, sondern waren in den letzten Tagen nur oberflächlich vorgegangen, und das wollte er mit dem heutigen Tage ändern. Der Parkettboden fühlte sich rutschig unter seinen Füßen an, er war jedoch schon fast klinisch rein, und das, obwohl er nicht gereinigt worden war. Die Tatsache, dass eben aufgrund dessen kaum Spuren im Haus zu finden gewesen waren, hatte der Spurensicherung, die bisher nur ganz kurz im Haus gewesen war, Kopfzerbrechen bereitet. In den kommenden Tagen würden die Kollegen zwar einen neuen Versuch starten, doch für Campbell war jede einzelne Minute ohne neue Erkenntnisse eine verschenkte. Es brannte ihm einfach unter den Nägeln, etwas herauszufinden - hier und jetzt, heute, an seinem freien Tag. Er wusste nicht, ob die Tatsache, dass er noch keine Familie und somit keine Verpflichtungen hatte, die entscheidende war, weshalb er sich so in seinen Job hineinkniete. Sie spielte auf jeden Fall eine Rolle, noch dazu war es allerdings die Leidenschaft, die er seit frühen Kindstagen für den Beruf empfand, die ihn antrieb. Er ließ seinen Blick erneut schweifen, ehe er für einen kurzen Moment die Augen schloss. Er versuchte, sich gedanklich ein paar Tage zurückzuversetzen, um so neue Erkenntnisse zu gewinnen - doch er scheiterte. Es war komplett still im Inneren der Ferienwohnung, einzig und allein der leichte Wind, der durch das geöffnete Fenster ins Wohnzimmer wehte, bildete die Geräuschkulisse. *Was, zur Hölle, ist nur mit euch passiert?* Er wandte sein Blick in die Richtung der Bilder der vermissten Personen, und ließ sich die Namen zum gefühlt tausendsten Mal durch den Kopf gehen. *Malea Brunner. Valentina Häfliger. Zoe Langensand. Noah Demuth. Raphael Keller. Laurin Wiss.* Doch auch dieses Mal brachten ihm die Namen der Schweizer Reisegruppe keine Erkenntnisse, sie standen viel mehr wie düstere Botschaften im Raum. Da bisher auch keine Leichen gefunden worden waren, galten sie alle noch immer als vermisst, doch die Erfahrung, die Campbell bisher gesammelt hatte, sagte ihm etwas anderes. *Niemand wird einfach so vom Erdboden verschluckt. Es ist etwas passiert - nur was?* Gedankenverloren streifte sein Blick weiter durch die Gegend, durch jeden noch so kleinen Winkel des Raumes. In der oberen Ecke hatte sich etwas Staub im Netz eines Weberknechts verfangen, selbiger hielt sich in direkter Nähe auf und krabbelte über die weiße Wand. Campbell sah dem Tier dabei zu, wie es fast schon ziellos über den weißen Untergrund lief. *Wenn ich dich nur befragen könnte...* voller Konzentration betrachtete Campell das Tier, doch selbst ein paar Sekunden später hatte der Weberknecht nicht zu ihm gesprochen. *Der einzige Zeuge, den ich habe, spricht nicht mit mir. Ganz großes Kino.* Fast ein bisschen enttäuscht ließ er sich wieder auf den unbequemen Stuhl sinken. Die Einrichtung der Ferienwohnung war zwar recht altmodisch und bequem, das traf jedoch nicht auf die Stühle zu, die um den Esstisch herumstanden. Campbell ließ sich davon jedoch nicht aus der Ruhe bringen und beugte sich nach vorne. Er griff nach dem Notizblock, der sich direkt vor ihm befand, nahm den Kugelschreiber in die Hand, und machte sich daran, alles niederzuschreiben, was er bereits wusste.

2 *Ein paar Tage zuvor...*

»Es ist wirklich schön, dass du auch mit dabei bist.«
Valentina warf Raphael direkt nach ihren Worten ein warmes, freundliches Lächeln zu.
»Und wie!«, kam es vom Fahrersitz, auf dem Noah Platz genommen hatte, und auch Malea stimmte der Aussage kurze Zeit später zu.
Sie hatten sich zwei Autos mieten müssen, um die Strecke vom nahegelegenen *Denver International Airport* bis in die Rocky Mountains zurücklegen zu können. Raphael freute sich zwar über die Worte, die Valentina ausgesprochen hatte, fühlte sich jedoch trotzdem so, als wäre er nicht ganz bei der Sache.
»Die letzten drei Jahre waren wirklich hart. Ich bin froh, es endlich geschafft zu haben.«
Besagte Zeit in der Psychiatrie hatte sich wie eine Ewigkeit angefühlt, die einzelnen Tage wie Jahre. Seine Verfassung war dabei ähnlich einer Achterbahnfahrt gewesen - es hatte Tage gegeben, an denen er sich gut durchgeschlagen hatte, und wiederum andere vereinzelte, die er in der Weichzelle verbracht hatte. Er erinnerte sich nicht gerne an die Momente, in denen er zu einer Gefahr für seine Mitmenschen geworden war - er hatte es nie beabsichtigt, jemanden zu verletzen, sondern hatte viel zu oft die Kontrolle über sich verloren. Mittlerweile befand er sich allerdings über dem Berg, ja, er war geheilt - etwas, was er nie gedacht hätte, war geschehen. Sein Psychiater, Dr. Fischer, hatte tatsächlich den Schalter in seinem Kopf, von dem Raphael gedacht hatte, dass er unzugänglich gesichert war, umgelegt. Vor einem halben Jahr war er wieder nach Hause, in seine klei-

ne Wohnung im beschaulichen Aarau, gekommen, und jetzt stand eben der Urlaub in die USA an. Noch vor zwei Monaten hatte er gezweifelt, ob es das Richtige für ihn sein würde, doch nun war er davon vollends überzeugt. Im Inneren des Autos war es ein bisschen stickig, woraufhin er das Fenster herunterkurbelte. Seine Finger zitterten ein wenig, er fühlte sich irgendwie nervös, schaffte aber, das kurz darauf abzulegen. Noch vor zwei Jahren war er eine tickende Zeitbombe gewesen, jeder kleinste Auslöser hätte für eine Explosion sorgen können - was ja auch mehrfach passiert war. Die Verletzungen, die er sich an Tagen, an denen er keine Kontrolle über sich gehabt hatte, zugefügt hatte, waren ein Teil von ihm - die Narben würden ihn sein ganzes Leben lang begleiten, doch damit hatte er sich abgefunden. Er war froh, dass ihn sein Freundeskreis dabei unterstützt hatte. Während seiner Zeit in der Psychiatrie war es ihm zwar nicht dauerhaft gelungen, den Kontakt zu jedem zu halten, doch seit er sich wieder frei draußen bewegen konnte, konnte er auf jeden einzelnen seiner Freunde bauen. Er befand sich gemeinsam mit Noah, Valentina und Malea im Auto - Laurin und Zoe, die seit zwei Jahren zusammen waren, fuhren das andere und hielten sich auf der Straße direkt hinter ihnen. Die Berge kamen immer näher und wurden dadurch auch mit jedem Meter imposanter. Der Himmel über ihnen war zwar bedeckt, es sah allerdings nicht nach Regen aus. Viel mehr wirkte es so, als würde sich die Wolkendecke im Laufe des Tages noch lichten und Platz für die Sonne machen. Raphael freute sich auf den Moment, an dem sie ihr Ziel erreichen würden, auch, wenn das noch etwas länger als eine Stunde dauern würde. Sowohl der Flug, als auch der bisher zurückgelegte Teil auf dem Highway hatten ihn enorm geschlaucht, und er bewunderte Noah dafür, dass dieser noch in der Lage war, den Mietwagen zu fahren. Raphael selbst hatte seinen Führerschein vor etwa vier Jahren verloren, nur ein halbes Jahr, nachdem ihm selbiger überhaupt erst ausgestellt worden war. Das war auch eines der vielen Dinge gewesen, welches ihn letztendlich komplett aus den Fugen geworfen hatte. Doch diese Zeit war endgültig vorbei, er würde es bald wieder versuchen wollen - zumindest nahm er sich das vor. Etwa eine halbe Stunde später fuhren sie vom Highway ab. Nun war das Ziel zwar nicht mehr so weit entfernt, doch es würde aufgrund der unebenen Gebirgsstraßen noch eine Weile dauern.

»Hast du mal 'n Bier für mich?«

Maleas Stimme weckte Raphael aus seinen Gedankengängen, denen er wieder mal viel zu lange hinterhergehangen war, auf.

»Klar. Moment.«

Er öffnete die Kühltasche, die zur Ausstattung des Mietwagens gehörte, und holte eine der Dosen heraus, mit denen sie sich in einem Supermarkt in Denver eingedeckt hatten. Das Bier war natürlich um einiges günstiger gewesen, als am Flughafen, und das, obwohl sich der Laden nur wenige Meter entfernt befunden hatte. Raphael reichte Malea ein gekühltes Bier herüber und bediente sich daraufhin auch selbst. Eines würde er sich durchaus erlauben können, und er nahm sich vor, sich Zeit mit dem Getränk zu lassen.

»Möchtest du auch?«, fragte er Valentina, die aus dem Fenster geschaut und die Berge beobachtet hatte.

»Nein, danke. Vielleicht später.«

»Jetzt oder nie!«, meinte Malea freudig und öffnete die Dose, woraufhin ein leises Zischen ertönte. Raphael tat es ihr gleich und zog die Lasche auf. Das Bier war eiskalt und schmeckte fantastisch, Raphael nahm einen großen Schluck und lehnte sich dann wieder zurück. Die Straße wurde derweil ein wenig unebener, der Mietwagen holperte über jedes einzelne Schlagloch. »Meine Güte, was ist das nur für eine Piste?«, meinte Noah laut und klopfte einmal auf das Lenkrad.

Raphael versuchte, durch die Lücke der beiden Vordersitze hindurch einen Blick durch die Windschutzscheibe zu werfen. Noah hatte definitiv nicht übertrieben, die Straße war zwar noch befahrbar, aber sehr schlecht. Eine nervenzehrende Dreiviertelstunde später hatten sie ihr Ziel schließlich erreicht. Das Ferienhaus lag direkt hinter einem Bergsee, und selbst der Anblick, den sie von ihrem Parkplatz aus hatten, war fast ein bisschen magisch. Die Sonne hatte sich mittlerweile auch durch die Wolkendecke gekämpft und warf einige ihrer Strahlen auf die Wasseroberfläche, welche an einigen Stellen glitzerte. Noah stellte den Motor ab und parkte das Auto direkt neben dem Haus. Malea öffnete als erste die Tür und stieg aus, woraufhin der Rest der Gruppe ihr folgte. Raphael trank den letzten, kleinen Schluck Bier aus, und ließ die leere Dose erstmal im Innenraum des Toyotas liegen. Er fühlte sich gut, der leichte Wind sorgte dafür, dass der Schweiß auf seinem Körper getrocknet wurde. Laurin und Zoe waren in der Ferne auch schon zu sehen, und hatten kurze Zeit später ebenfalls auf dem Schotterplatz direkt neben dem Ferienhaus geparkt.

»Wir können ja sogar vielleicht heute noch eine kleine Wanderung starten«, meinte Valentina, während sie ihre Tasche aus dem Kofferraum nahm.

Noah hatte die Koffer von Malea und ihr bereits ausgeladen, einzig und allein der von Raphael befand sich neben seinem Rucksack noch im Inneren. Die nächste Stunde verbrachte die Gruppe damit, das Ferienhaus zu beziehen und dort die Koffer auszupacken. Es gab drei Doppelzimmer, neben Laurin und Zoe schliefen Raphael und Noah und Malea und Valentina in einem Raum. Während er seinen Gedanken nachhing, räumte er den linken Bereich des großen Schranks, der sich an der Stirnseite des Raumes befand, ein. Das gesamte Haus war in einem rustikalen Stil gehalten, der Parkettboden hatte denselben, dunklen Farbton wie die Möbel. In dem Moment, in dem Raphael gerade seine T-Shirts im untersten Fach deponiert hatte, ging die Tür des Zimmers auf und Noah trat in den Raum. Seine braunen Haare klebten ihm an der Stirn, und er trug einen abgekämpften Ausdruck im Gesicht - warf Raphael jedoch ein Lächeln zu, als sich ihre Blicke trafen. Und genau dieses Lächeln passte so verdammt gut zu ihm, ja, es war fast sein Markenzeichen geworden. Raphael war sich sicher, dass er noch nie zuvor in seinem Leben jemanden gesehen hatte, der, so wie Noah, dauerhaft ein fast ansteckendes Lächeln im Gesicht trug. Demzufolge war er auch einer der freundlichsten und offensten Menschen, denen Raphael je begegnet war.

»Ich glaube, die Mädels haben den Service richtig genossen.« Noah grinste, noch breiter als zuvor.

»Valentina hat vermutlich Ziegelsteine eingepackt, so schwer, wie ihr Koffer war. Bei Malea ging es einigermaßen.«

»Hast du etwa keine Ziegelsteine dabei?«, fragte Raphael und zog eine Augenbraue hoch.

»Dieses Mal habe ich sie leider vergessen.«

Noah wandte sich ab und öffnete seinen Koffer, den er auf dem Bett abgelegt hatte. Kurze Zeit später klopfte es an der Tür und Malea trat in den Raum.

»Da ist eine Spinne im Wohnzimmer.«

Raphael musste aufgrund ihrer Worte grinsen. Malea hatte Pa-

14

nik vor allem, was klein war und sich kriechend über den Boden bewegte.

»Und?«, fragte Noah.

»Dann haben wir eben noch einen Mitbewohner.«

»Du weißt doch, dass ich die nicht leiden kann.«

Malea klang ungeduldig, und Noah ließ sie extra noch eine Weile lang zappeln, ehe er meinte:

»Na gut. Ich komme ja schon.«

Raphael entschied sich dazu, ihm zu folgen - das Wohnzimmer hatte er bisher noch nicht in Augenschein genommen, und jetzt war der Moment dazu gekommen, diesen Umstand zu ändern. Jeder seiner Schritte sorgte dafür, dass der Parkettboden unter seinen Füßen alle möglichen Geräusche von sich gab. Eine Wendeltreppe führte sie wieder in den unteren Wohnbereich. Die Fensterfront ermöglichte einen traumhaft schönen Ausblick auf den See, von dem sich Raphael jedoch ein paar Sekunden später lösen konnte. Valentina stand an der Wand und hielt ihren Blick auf eine Stelle gerichtet. Als Noah sie erreicht hatte, meinte er:

»Das ist doch keine Spinne. Das ist nur ein Weberknecht!«

Er lachte.

»Der tut uns doch rein gar nichts.«

Raphael, der sich ein wenig im Hintergrund hielt, spürte, wie ihm der Kopf zu schwirren begann. *Das ist nur ein Weberknecht.* Die Worte, die Noah aussprach, und die im ersten Moment recht harmlos wirkten, bereiteten ihm enormes Unwohlsein. Er hielt es für den Moment nicht mehr im Ferienhaus aus, es fühlte sich an, als würden die Wände um ihn herum immer näher zusammenrücken und ihn zerquetschen wollen. Er presste sich Zeige- und Mittelfinger beider Hände auf die Schläfen, verließ den Wohnbereich und trat aus dem Ferienhaus ins Freie.

3 *Vor einiger Zeit...*

Dicke Regentropfen prasselten gegen das Fenster, der Himmel zeigte sich heute grau in grau. Raphael wandte sich von dem tristen Ausblick ab und setzte sich aufs Bett. Heute war wieder einer seiner schlechteren Tage - er wusste noch nicht mal, woran genau das lag, doch er hatte es einfach im Gefühl. Lustlos schob er das Tablett mit seinem Frühstück, welches ihm vor vier Stunden gebracht worden war, in eine Ecke des Raumes. Er fühlte sich wie im Knast, gefangen in den vier Wänden seines öden Zimmers. Die einzigen Menschen, die er in den letzten Tagen gesehen hatte, waren seine Betreuer gewesen - seit einer geschlagenen Woche hatte er keinen Besuch von seinen Angehörigen mehr bekommen, und so langsam fühlte sich das richtig schlecht an. Kurze Zeit später, er hatte seinen Kopf gerade zu Boden gerichtet und sein Gesicht in seinen Händen vergraben, hörte er, wie sich die Zimmertür nach einem kurzen Klopfen öffnete. So war es die letzten Male immer gewesen, von dem Tag an, an dem er die Tür einmal nicht von selbst geöffnet hatte. Direkt danach war die Situation mit dem Pfleger eskaliert, und Raphael erinnerte sich nicht gerne daran, wie er dem Mann mit einem gezielten, festen Schlag die Augenhöhle gebrochen hatte. Man hatte ihn an einen Ort gebracht, an dem er immer wieder mit sich selbst konfrontiert worden war - in die Weichzelle. Dort hatte sich die Einsamkeit nach ein paar Stunden so schlimm angefühlt, dass er einfach nur schreien musste. Generell war seine Situation ziemlich verzwickt: jedes Mal, wenn er das Gefühl hatte, auf dem Pfad der Besserung angelangt zu sein, kam ihm immer irgendeine Kleinigkeit in den Weg, die ihn derart aus der Bahn warf, dass er es nicht immer schaffte, damit zurechtzukommen.

»Guten Morgen, Raphael.«

Die Stimme des Pflegers klang warm und freundlich. Raphael hatte seinen Namen vergessen, er wusste nur noch, dass der Mann recht neu war und seinen Vorgänger abgelöst hatte.

»Morgen.«

Er hielt sich möglichst kurz, und hoffte, dass der Mann nicht darauf aus war, ihn in ein längeres Gespräch zu verwickeln - denn dazu war er heute absolut nicht in der Stimmung. Er wollte allein sein, auch, wenn ihn das quälte - vielleicht wollte er sich selbst auch bewusst leiden lassen, doch die Gegenwart des Pflegers tat ihm nicht gut.

»Wie geht es Ihnen heute?«

»Könnte deutlich besser sein.«

»Kommen Sie mit? Das Wochengespräch mit Dr. Fischer steht an.«

Raphael rollte mit den Augen. Obwohl sich der Zyklus immer wiederholte, hatte er das Gespräch heute tatsächlich vergessen. Seufzend erhob er sich von seinem Bett und folgte dem Pfleger über den Trakt in Richtung Treppenhaus. Seine Knie zitterten, und er war am ganzen Körper nervös - woher das Gefühl nun plötzlich gekommen war, wusste er allerdings nicht. Sie gelangten durch das Treppenhaus ins Untergeschoss, dorthin, wo das Büro von Dr. Fischer war. Raphael kannte den Weg in- und auswendig, dennoch wich ihm der Pfleger nicht von der Seite, bis sie direkt vor der Tür angekommen waren. Ohne, dass sie überhaupt klopfen mussten, öffnete sich die Tür nur den Bruchteil einer Sekunde später. Dr. Fischer empfing ihn wie immer mit einem Lächeln, und bat ihn, hineinzutreten. Der Pfleger verabschiedete sich mit knappen Worten, und als Raphael vernahm, wie die Tür hinter ihm ins Schloss fiel, stieg das Unwohlsein mit jeder weiteren Sekunde.

»Raphael, setzen Sie sich gerne.«

Er deutete auf den gepolsterten Stuhl, auf dem Raphael schon zahlreiche Stunden verbracht hatte. Die Anwesenheit des Oberarztes hatte ihn immer verunsichert, jedes einzelne Mal hatte er sich vorgenommen, seine Haltung zu bewahren, war daran jedoch gescheitert. Und im Grunde genommen war das auch ein Grund dafür, weshalb er in letzter Zeit, wenn überhaupt, nur minimale Fortschritte machte. Raphael nahm also kommentarlos auf dem Stuhl Platz und atmete tief durch. Da die Gespräche immer gleich abliefen, wusste er schon, auf welche Frage er sich einstellen musste - kurz darauf sprach Dr. Fischer diese auch schon aus, im selben Wortlaut, wie er es jedes Mal tat.

»Erzählen Sie mir, wie es Ihnen geht.«

Raphael hasste diese Frage einfach nur. Sie war so verdammt oberflächlich, dass sich seine Nackenhaare aufstellten, wenn er bloß daran dachte. Egal, was er darauf antwortete, alles hörte sich falsch an. Deshalb entschied er sich für dieselbe Leier, die er dem Arzt jedes Mal entgegenbrachte.

»Könnte besser sein.«

»Haben Sie das Gefühl, dass sich ihr Zustand seit unserer letzten Sitzung verbessert hat?«

Dr. Fischer setzte einen konzentrierten, fast schon streng wirkenden Blick auf - das tat er jedes Mal, wenn er diese Frage stellte, vermutlich war sein Schema da bei jedem Patienten gleich. Anfangs hatte Raphael sich davon einschüchtern lassen, das tat er jetzt jedoch nicht mehr.

»Ich fühle mich diese Woche nicht so, als hätte ich Fortschritte gemacht.«

Er versuchte, nicht gelangweilt zu klingen - letzten Endes konnte Dr. Fischer in seiner Rolle als diplomierter Psychiater nichts dafür, dass er einer der schwereren Fälle zu sein schien. Raphael mochte dem Mann nicht absprechen, dass er sich bemüht hatte, doch seines Erachtens nach waren die Bemühungen nie wirklich intensiv oder gar tiefgründig gewesen. Jeder, der sich mit ihm auseinandersetzte, hatte es immer an der Oberfläche versucht, und war dort dann hängengeblieben.

»Das ist bedauerlich. Haben Sie denn das umgesetzt, was ich Ihnen letzte Woche nahegelegt hatte?«

Dr. Fischer hob seinen Kopf von der Patientenakte und sah ihn mit einem bohrenden Blick an. Raphael überlegte ein paar Sekunden lang, und ließ sich dann zu einer Lüge hinreißen - das tat er allerdings nur, weil er von dem Arzt genervt war und jegliche Hoffnungen darauf, dass man ihn helfen könne, verloren hatte.

»Ja, habe ich. Es hat alles nicht funktioniert.«

Raphael war es egal, ob der Arzt ihm seine Lüge anmerken würde - und fragte sich im nächsten Moment, ob es taktisch klug gewesen war, das Gespräch in diese Richtung zu lenken.

»Ich glaube Ihnen nicht, Raphael.«

Die schonungslose Ehrlichkeit des Arztes überraschte ihn nicht, brachte ihn aber schon ein kleines bisschen in die Bredouille. Raphael stützte sich auf den Lehnen des Stuhls auf und stand auf, was Dr. Fischer kurz darauf auch tat.

»Setzen Sie sich doch bitte wieder.«

Raphael hätte seinen Worten gerne Folge geleistet, doch er konnte es einfach nicht. Zwischen ihm und dem Oberarzt befand sich einzig und allein dessen Schreibtisch, hinter dem sich

20

der Mann jedes Mal fast ein bisschen versteckte.

»Nein, ich werde mich nicht setzen.«

»Sie wissen aber, dass ich dann den Sicherheitsdienst rufen muss, oder?«

»Das ist mir sowas von egal.«

Raphael ließ seine rechte Hand auf die Platte des Schreibtisches sausen, was einen lauten Knall im Inneren erzeugte. Er sah noch, wie Dr. Fischer den roten Knopf betätigte, und hörte, wie nur Sekunden später die Tür in seinem Rücken geöffnet wurde. Raphael senkte seinen Blick in Richtung der Tischplatte, und sah, wie ein Weberknecht über die weiße Oberfläche huschte und direkt hinter der Schreibtischlampe verschwand. Kurz darauf wurde er bereits unsanft an den Armen gepackt.

»Kommen Sie mit.«

Aufgrund der Tatsache, dass Raphael bereits jemanden verletzt hatte, ging man mit ihm alles andere als sanft um. Der Griff des Sicherheitsmannes war fest und bestimmt. Obwohl Raphael wusste, dass es keine gute Idee war, sich zu wehren, versuchte er es, woraufhin der Griff noch fester wurde, und der zweite Sicherheitsmann zur Hilfe eilte. Gegen zwei Männer solchen Kalibers hatte er natürlich keine Chance, dennoch steckte er nicht auf und intensivierte seine Bemühungen, ja, zappelte wie ein Wahnsinniger.

»Ich hoffe, dass wir nächste Woche endlich mal wieder ein Gespräch führen können«, waren die letzten Worte, die er von Doktor Fischer hörte, ehe die Tür vor ihm ins Schloss fiel und die Sicherheitsmänner ihn über den Flur in Richtung seines Zimmers zerrten.

4

Kurze Zeit später warf Officer Campbell einen Blick auf seinen Notizblock. Er hatte zwar mehrere Seiten füllen können, was jedoch nichts zu bedeuten hatte - die Dinge, die dort standen, waren überwiegend belanglos. Es fühlte sich für ihn an, als wäre die Lösung zum Greifen nah, er musste also irgendetwas übersehen haben – aber was sollte das sein? *Es gibt nicht wirklich einen Ansatz, auf den ich bauen kann. Mein Gefühl täuscht mich diesbezüglich wohl.* Seufzend stand er auf und beschloss, ein paar Schritte zu gehen. Dabei hoffte er auf einen erleuchtenden Gedanken, der jedoch auch nicht kam, als er das Wohnzimmer verlassen hatte und sich auf der Veranda wiederfand. Die frische Luft sorgte dafür, dass er sich zumindest ein wenig besser fühlte, doch auch sie half ihm nicht dabei, klare Gedanken zu fassen. Von außen betrachtet wirkte das Ferienhaus fast ein wenig urig, die Holzfassade war an vielen Stellen bereits von Moos überzogen und die Dielenbretter waren ziemlich morsch. Daher gaben sie bei jedem Schritt, den er setzte, auch ein nervtötendes Knarzen von sich, was jedoch schon bald zur Normalität geworden war. Officer Campbell versuchte nun, die Rückseite des Hauses von verschiedenen Winkeln aus zu betrachten. Links auf der Veranda, direkt unter einer hervorstehenden Dachschräge, befanden sich vier sorgfältig gestapelte Plastikstühle, auf denen er jedoch auch keine Spuren entdecken konnte. Der Ort wirkte gänzlich verwaist, absolut gar nichts deutete darauf hin, dass sich die Reisegruppe aus der Schweiz noch vor wenigen Tagen hier aufgehalten hatte. *Alles, was sich noch im Haus befand, wurde von der Spurensicherung konfisziert. Was erwar-*

22

te ich denn eigentlich, hier zu finden? Er ärgerte sich in diesem Moment darüber, dass er einfach nicht zur Ruhe kam, und denjenigen, die sowieso tiefer in den Fall involviert waren, die Arbeit überließ. *Ich muss für mich selbst einfach etwas finden, was dem Fass den Boden ausschlägt. Doch was, zur Hölle, soll das sein?* Er entschied sich dazu, noch nicht direkt ins Haus zurückzukehren, sondern zunächst auf der Veranda Platz zu nehmen. Er setzte sich daher auf die Bodendielen und hielt seinen Blick weiterhin auf den See gerichtet. Obwohl es recht windig war, war das Wasser komplett ruhig – zumindest aus der Ferne. Obwohl er das bereits zuvor getan hatte, schloss er seine Augen für einen Moment und sortierte seine Gedanken. Die Sonnenstrahlen, die direkt auf sein Gesicht prallten, fühlten sich gut an – ja, dieses Ferienhaus befand sich wirklich mitten in der Idylle, allerdings auch ziemlich weit weg von der Zivilisation. *Was vielleicht zum Verhängnis geworden ist, denn irgendetwas ist hier gottverdammt nochmal passiert.* Ein paar Sekunden später stand er wieder auf, klopfte sich den Dreck von der Hose und machte sich daran, ins Haus zurückzukehren. Er hatte keine neuen Erkenntnisse sammeln können und hatte einfach nicht die Geduld dazu, auf eine Eingebung zu warten – aus dem einfachen Grund, dass er zu angespannt war, und es ihm unter den Fingern brannte, etwas herauszufinden. Er befand sich gerade an der Schwelle zum Wohnzimmer und hatte die Glastür, die ins Innere führte, bereits aufgestoßen, als ihm etwas ins Auge sprang. *Was zur Hölle?* Er spürte, wie sein Herz plötzlich schneller zu schlagen begann, ging auf die Knie, und richtete seinen Blick in eine der zahlreichen Lücken zwischen den Dielenbrettern, unter denen er etwas entdeckt hatte, was seine Aufmerksamkeit unmittelbar in Beschlag genommen hatte.

5

»Ist alles okay bei dir?«

Die Worte drangen zunächst nur verschwommen zu ihm hervor – doch als Raphael sich umdrehte, konnte er Valentina direkt hinter sich ausmachen. Auf den ersten Blick schien sie die Einzige zu sein, die ihm gefolgt war, nachdem er aus dem Haus geflüchtet war.

»Ja, ich hatte nur gerade eine Art Flashback. Dieser Weberknecht hat etwas in mir ausgelöst.«

»Magst du darüber sprechen?«

Ihre Stimme drang sanft zu ihm herüber. Raphael vergewisserte sich noch ein weiteres Mal, dass ihnen niemand mehr gefolgt war, und meinte dann:

»Okay.«

Er atmete einmal tief durch, ehe er das, was er erlebt hatte, relativ oberflächlich schilderte. Valentina hörte aufmerksam zu, und an ihrem Gesicht konnte Raphael ablesen, dass sie sich wirklich für das interessierte, was er in der Psychiatrie erlebt hatte. Sie unterbrach ihn auch nicht und stellte keine Zwischenfragen, bis er seine Erzählung beendet hatte.

»Die Zeit hat mich ziemlich gebrandmarkt«, murmelte er zum Abschluss.

»Ich fühle mich zwar besser, doch die negativen Dinge, die ich erlebt habe, kommen immer mal wieder stoßweise an die Oberfläche.«

Valentina legte ihm eine Hand auf die Schulter, woraufhin Raphael zusammenzuckte. Die Wärme, die sie ausstrahlte, fühlte sich ziemlich gut an.

»Das tut mir wirklich leid«, murmelte sie, und ihre Stimme klang auch so, als würde sie das ernst meinen.

»Du kannst mit mir über alles sprechen, ja?«

Raphael nickte. Er war in diesem Moment einfach nicht fähig dazu, darauf etwas zu erwidern, da es sich anfühlte, als würde sich in seinem Hals ein gigantischer Kloß befinden, den er einfach nicht vertreiben konnte.

»Danke«, brachte er schließlich doch hervor, woraufhin er ein Lächeln von Valentina erntete.

»Wir sollten zurück zu den anderen, bevor sie sich Sorgen machen«, meinte sie.

»Kommst du mit?«

Raphael nickte. Er hatte sich mittlerweile wieder beruhigt, der Schock, der sich in Folge der Konfrontation mit seiner Vergangenheit in ihm ausgebreitet hatte, war mittlerweile wieder gänzlich abgeebbt. Er fühlte sich nicht mehr nervös, sondern sogar positiv gestimmt, und folgte daher Valentina über den Rasen in Richtung des Ferienhauses zurück. Das Panorama mit dem See und den dahinterliegenden Bergen war wirklich traumhaft, und Raphael nahm sich vor, es möglichst in den kommenden Tagen zu genießen und sich keine Gedanken mehr über all das zu machen, was hinter ihm lag. In diesem Punkt baute er auch auf seine Freunde, und er war sich sicher, dass sie ihm die nötige Ablenkung verschaffen können würden – denn das war schließlich sonst auch immer der Fall gewesen.

Nachdem sie ihre Sachen ausgepackt und zum großen Teil in den Schränken verstaut oder aber im Haus verteilt hatten, machten sie sich daran, das Abendessen zuzubereiten. Während Laurin, Zoe und Valentina in der Küche zugange waren, hatte es sich Raphael gemeinsam mit Noah und Malea im Wohnzimmer auf der Couch bequem gemacht.

»Also, ich finde das Haus hier wirklich fantastisch«, schwärmte Malea, woraufhin sie einen Schluck Wasser nahm.

»Es ist wirklich verdammt riesig und so schön... altmodisch eingerichtet.«

»Mir persönlich fast ein wenig zu altmodisch. Aber schön ist es trotzdem«, meinte Noah und grinste.

Raphael war derweil wieder tief in seine eigenen Gedanken versunken – so tief, dass er gar nicht mitbekam, worüber die beiden sprachen. Daher hatte er auch, als ihn Noahs Worte wieder in die Realität zurückholten, keine passende Antwort auf die Frage parat.

»Hm?«, fragte er, um sich zu vergewissern.

»Gefällt dir das Haus?«

»Definitiv.«

Er hatte im Moment nicht wirklich Lust dazu, an der Unterhaltung teilzunehmen, und hoffte, dass Noah und Malea das akzeptieren würden.

»Das klang jetzt nicht so wirklich überzeugt.«

Noah lachte auf.

»Das wird aber noch. Wir können ja morgen mal einen Spaziergang um den See herum machen – da gibt es sicherlich wunderbare Spots, um gute Fotos zu machen.«

Raphael konnte daraufhin nur grinsen. *Noah und seine Fotos,* dachte er. *Ohne seine Kamera fährt der auch nirgends hin.* Er musste ihm diesbezüglich allerdings zustimmen, der See hatte aus der Ferne schon wirklich schön ausgesehen, und der Wald um ihn herum würde sicherlich die perfekte Kulisse für atemberaubende Fotos bilden. Solange er sich nicht selbst vor die Linse stellen musste, war ihm das allerdings auch ganz recht –

immerhin waren Fotos zeitlose Erinnerungen.

»Du musst mir dann unbedingt zeigen, wie du das machst – mit dem Fokus, der richtigen Belichtung und so«, meinte Malea.

»Klar. Du weißt ja, dass ich mich damit ein wenig auskenne.« In seinen Worten versteckte sich schon eine kleine Portion Stolz, die er auch gar nicht erst versuchte, zurückzuhalten. Während die beiden sich weiter unterhielten, klinkte Raphael sich wieder aus der Konversation aus, um seinen Gedanken weiter nachzuhängen, die jetzt jedoch in eine andere Richtung abdrifteten. Er musste an das kurze Gespräch mit Valentina vor ein paar Stunden denken, und spürte, wie ihm warm ums Herz wurde. *Die Gefühle von früher scheinen immer noch vorhanden zu sein.* Lange, bevor er diesen Schritt gegangen war und sich einweisen lassen hatte, hatte er für sie geschwärmt, es ihr jedoch nie gebeichtet. *Wird vermutlich auch daran gelegen haben, dass sie zu der Zeit eben noch mit Julian zusammen gewesen war.* Die Beziehung war jedoch vor einem halben Jahr von ihr beendet worden, und seitdem hatte sie, zumindest Raphaels Wissen nach, keinen festen Freund mehr gehabt. Er wollte nicht zu viel in die Situation hineininterpretieren, doch es war ihm schon so vorgekommen, als hätte sie sich fast ein wenig zu sorgsam um ihn gekümmert. Sie war ihm immerhin direkt gefolgt und hatte auch seine Nähe gesucht, er war jedoch in dem Moment nicht fähig gewesen, etwas zu sagen. *Immer, wenn es ernst wird, streikt mein Verstand und stellt seinen Dienst vollständig ein.* Er ärgerte sich ein kleines bisschen, dass er den Moment vorhin nicht genutzt hatte – da der Urlaub jedoch erst angefangen hatte und ihnen noch ein paar Tage bevorstanden, nahm er sich vor, das auf jeden Fall nachzuholen. *Ich bin halt einfach zu schüchtern. Und welches Mädchen zieht es bitte vor, mit einem,*

die die meisten als Irren abstempeln, zusammen zu sein, wenn
sie jeden anderen haben kann?
Kurze Zeit später war das Essen auch bereits fertig. Nachdem
der Tisch wieder abgeräumt und der Abwasch erledigt war, gin-
gen sie alle wieder ihren eigenen Dingen nach. Für den späteren
Abend hatten sie sich wieder im Wohnzimmer zu ein paar Kar-
ten- und Brettspielen verabredet, doch bis dahin war es noch ein
wenig hin, weshalb Raphael die Zeit nutzte und es sich auf der
Veranda bequem machte. Er hatte in den letzten Minuten bemerkt, dass ihm alles um ihn herum zu viel geworden war und
er eine Auszeit benötigt hatte, die er sich nun auch genommen
hatte. Er wog das kleine Stückchen Holz, welches er extra mitgenommen und aus seinem Koffer geholt hatte, hin und her. Es
war noch unbearbeitet, weshalb er sich mit seinem Schnitzmesser, welches er stets bei sich trug, daran machte, ein paar
Kerben hinein zu schnitzen. Seit Jahren hatte ihm diese einfache
Tätigkeit dabei geholfen, sich zu beruhigen – und es machte ihm
einfach Spaß, verschiedenste Figuren zu schnitzen, auch, wenn
er das dieses Mal nicht vor hatte. Es hatte in der Zwischenzeit
bereits angefangen, zu dämmern, doch die kleine Lampe, die direkt unter der Dachschräge angebracht war, spendete ihm die
nötige Helligkeit, die er brauchte. Er sah den Spänen dabei zu,
wie sie zu Boden rieselten, und entweder auf den Brettern liegen
blieben, oder aber in die vielen Zwischenräume hinein fielen.
Mit der sich anbahnenden Dunkelheit war es auch ein wenig
kühler geworden, und die Bergluft sorgte dafür, dass er wieder
klarer denken konnte. Da er so ins Schnitzen vertieft gewesen
war und seinen Blick fast schon gebannt auf den Holzklotz in
seinen Händen gerichtet hatte, hatte er nicht bemerkt, dass sich
die Verandatür hinter seinem Rücken geöffnet hatte. Erst, als er

eine Hand auf seiner Schulter spürte, merkte er, dass sich jemand in seiner Nähe befand. Er erschrak daraufhin so heftig,
dass er abrutschte, sich mit der Klinge in den Daumen schnitt
und daraufhin das Messer fallen ließ, welches genau in den Freiraum zwischen zwei Dielenbretter rutschte und auf dem Boden
dort unter landete.

6

Donnerwetter. Officer Campbell spürte, wie das gefundene Schnitzmesser etwas in ihm auslöste – nur was, das konnte er noch nicht sagen. Das herabfallende Sonnenlicht drang nicht bis unter die Veranda hervor, weshalb er die Stiftlampe, die sich an seinem Schlüsselbund befand, anschaltete. Der schwache, wieße Lichtschein sorgte dafür, dass er mehr erkennen konnte, als zuvor. Auf der Klinge des Messers befand sich tatsächlich Blut, sein erster Eindruck hatte ihn also nicht getäuscht. Er versuchte, durch den Zwischenraum zu greifen, doch dieser war zu schmal – einzig und allein sein Zeigefinger passte hindurch, und mit diesem konnte er das Messer zwar berühren, es jedoch nicht greifen. *Ich muss Douglas anrufen.* Er schritt zurück ins Wohnzimmer und griff nach seinem Handy, welches er auf dem Tisch abgelegt hatte. Der Name seines Kollegen befand sich ganz oben in der Liste seiner Kontakte – sie telefonierten fast täglich miteinander, und ihm war das Scrollen auf der Suche nach seinem Namen irgendwann so lästig geworden, dass er ihn schlichtweg unter *AAA Douglas Bailey* eingespeichert hatte.

»Bailey«, drang es schließlich auch wenige Sekunden, nachdem er die Verbindung aufgebaut hatte, durch die Leitung.

»Doug? Ich bin's, Rick.«

Campbell verwunderte es zunächst, dass sein Kollege sich nicht in der gewohnten Art gemeldet hatte – bis ihm wieder einfiel, dass er seine Nummer erst vor zwei Tagen auf anonym gestellt hatte, um einen wichtigen Anruf in einem anderen Fall zu tätigen.

»Rick? Das hätte ich ja nicht gedacht. Was verschafft mir die

Ehre deines Anrufs an einem dienstfreien Sonntag?«

Er konnte den untergemischten Vorwurf aus der Stimme seines Kollegen gut heraushören, machte sich jetzt jedoch nichts daraus. Sie konnten als Team gut zusammenarbeiten, obwohl, oder vielleicht auch gerade, weil sie komplett verschieden waren. Während Campbell auch an freien Tagen seinem Job nachging und dieser für ihn nicht bloß ein Beruf, sondern vielmehr eine Berufung war, setzte Bailey viel Wert darauf, an freien Tagen den Kopf freizubekommen und Zeit mit seiner Familie zu verbringen – ein Umstand, den Campbell ihm gewiss nicht verübeln konnte. Er selbst hatte es ein paar Mal ausprobiert, ja, hatte mit seiner Exfrau sogar einen Sohn bekommen – die Beziehung war jedoch an seinem Job zerbrochen, und der Kontakt zu beiden mittlerweile bloß noch sporadisch, was ihm an ruhigen Tagen richtig an die Nieren ging. Wenn er sich allerdings in etwas, wie zum Beispiel einen Fall, hineinsteigerte, dann schaffte er es tatsächlich, alles um sich herum auszublenden und zu vergessen.

»Ich weiß, dass wir beide heute nicht im Dienst sind, aber da du mich kennst, weißt du ja auch wiederum, dass mir selbst an freien Tagen die meisten Fälle keine Ruhe lassen. Ich bin gerade beim Ferienhaus, und habe hier etwas gefunden, was der Spurensicherung wohl nicht ins Auge gefallen ist.«

»Du bist ernsthaft zu dem Haus gefahren?«

In der Stimme seines Kollegen am anderen Ende der Leitung war eine Menge Verwunderung zu hören.

»Ja, bin ich.«

»Und was hast du bitte gefunden?«

Campbell hatte schon damit gerechnet, dass Bailey seinen Fund übergehen würde, und war froh, dass dies nun doch nicht der

Fall war.

»Ein Messer mit Blut auf der Klinge, direkt unter den Holzbohlen auf der Veranda.«

Er erzählte zunächst nicht mehr darüber, sondern wollte, dass Bailey das, was er gesagt hatte, auch verarbeiten konnte.

»Du hast eine potenzielle Mordwaffe gefunden, die der Spurensicherung zuvor nicht ins Auge gefallen ist?«

»Es handelt sich nur um ein kleines Schnitzmesser.«

Campbell hielt kurz inne und schaltete die Stiftlampe ein weiteres Mal ein, um absolut sicher zu gehen. Doch bei dem dünnen, Rot schimmernden Film auf der Klinge des Schnitzmessers konnte es sich nur um Blut handeln, auch, wenn es nicht wirklich viel war.

»Das ist egal, es kann sich dennoch als wichtig herausstellen. Gerade, wenn da die Fingerabdrücke von genommen werden.«

Bailey hielt kurz inne, ehe er weitersprach.

»Ich gebe das direkt an Darren weiter. Er ist ja genau so verrückt wie du und ebenfalls vierundzwanzig sieben für Details aus jeglichen Fällen zu erreichen.«

Campbell musste in Folge der Worte seines Kollegen grinsen. Bei Darren handelte es sich um jemanden von der Spurensicherung, und soweit Campbell wusste, war er auch vor Ort gewesen, als in dem Haus die Spuren gesichert worden waren. Sicher war er sich da allerdings nicht, da er mit ihm nichts zu tun hatte – im Gegensatz zu Bailey, der sich mit Darren öfter mal auf ein Feierabendbier traf.

»Mach das. Ich werde jetzt hier noch ein wenig verweilen und mir Gedanken darüber machen, was hier wirklich passiert sein könnte.«

»Du kannst mich jederzeit anrufen, falls du noch etwas herausfinden solltest. Wir sehen uns dann morgen wieder.«

Campbell war über die Schlussworte seines Kollegen durchaus überrascht.

»Das mache ich«, sagte er daher, und verabschiedete sich, ehe er das Gespräch beendete.

Er warf einen letzten Blick auf das Messer, ehe er sich abwandte. *Das ist definitiv zu wenig Blut für einen Mord – und wenn wirklich so etwas hier passiert sein sollte, dann fehlen verdammt nochmal die Spuren.* Er nahm sich vor, die Dielenbretter nun genauestens unter die Lupe zu nehmen. Es hatte am gestrigen Tage zwar geregnet, jedoch nicht wirklich stark – zudem befand sich der Teil der Veranda, unter dem er das Messer entdeckt hatte, direkt unter der Dachschräge. Alles, was er sah, ließ sich jedoch auf die Witterung zurückfuhren. Die Sonne hatte das Holz an einigen Stellen bereits ziemlich ausgeblichen, an den Stellen hingegen, an denen der Boden im Schatten lag, wirkte er noch relativ neu. Ohne neue Erkenntnisse gewonnen zu haben, stand er auf und wandte sich wieder in Richtung des Sees. *Ich sollte mir mal einen anderen Blickwinkel erlauben. Manchmal kann das Wunder wirken.* Ohne weiter über das, was er bisher entdeckt hatte, nachzudenken, verließ er die Veranda und trat auf den Rasen, der sich einem kleinen Weg anschloss, der wiederum direkt zum See führte. Er hielt seinen Blick stets nach vorn gerichtet und hatte besagten See etwa zehn Minuten später erreicht. Er nahm auf der Bank, die direkt in der Nähe des Ufers stand, Platz und ließ seinen Blick schweifen. Der Ort war komplett verlassen, was allerdings auch kein Wunder war – denn das Ferienhaus war das Einzige weit und breit, und war vermutlich aus dem Grunde überhaupt erst von der Reisegruppe gebucht worden. *Hier hört niemand deine Schreie.* Der Satz, der sich in seine Gedanken gestohlen hatte, sorgte dafür, dass er eine Gänsehaut bekam. Er ließ seinen Blick eine Weile auf dem Wasser ruhen, ehe er sich ein paar Minuten später wieder zurück zum Ferienhaus begab. Dieses Mal ließ er seinen Blick durch die Gegend schweifen – er wusste nicht, warum er das tat, sah es aber als Möglichkeit an, hier draußen auf einen versteckten Hinweis zu stoßen. Nachdem er etwa die Hälfte des Weges zurückgelegt hatte, sah er etwas im Gras aufblitzen. Die Sonne strahlte an dieser Stelle im perfekten Winkel vom Himmel – einer der Strahlen traf genau auf ein Büschel Gras, woraufhin das Glitzern, welches seine Aufmerksamkeit erregt hatte, überhaupt erst entstanden war. Campbell runzelte die Stirn, ging auf die Knie, und griff mitten in das Büschel hinein, um den Gegenstand kurze Zeit später zu Tage zu führen.

7

»Verdammt, Noah!«

Raphael drehte sich um und blickte in das Gesicht seines Freundes.

»Warum hast du mich so erschrocken?«

Er presste sich seinen Daumen unmittelbar danach auf seinen Mund, um den Blutfluss so direkt zu unterbinden. Noah zog jedoch nur eine Augenbraue hoch und lachte.

»Bleib locker, ich wollte dir nur Bescheid geben, dass wir langsam mit den Spielen beginnen möchten.«

Raphael senkte seinen Blick kurz zu Boden. Er ging auf die Knie, und versuchte, wieder an das Messer zu gelangen – doch die Lücke zwischen den Brettern war zu schmal. Seufzend legte er den Holzklotz auf einem der Plastikstühle ab und erhob sich wieder auf die Beine.

»Ich kaufe dir morgen ein neues, wenn wir in die Stadt fahren.« Noah klopfte ihm auf die Schulter.

»Kommst du jetzt mit rein?«

Obwohl Raphael eigentlich keine Lust hatte, willigte er ein.

»Ja, okay.«

Er folgte Noah wieder ins Innere und nahm am Wohnzimmertisch Platz, wo die anderen bereits auf ihn warteten. Der Platz neben Valentina war noch frei, was er direkt ausnutzte.

»Ich hole dir eben ein Pflaster«, meinte Noah und verschwand in Richtung des Badezimmers.

»Was ist passiert?«, fragte Valentina mit sorgenvollem Blick in Richtung seines Daumens.

»Nichts Schlimmes, ich habe mich bloß geschnitten.«

Raphael wollte die Situation nicht breitschlagen, weshalb er sich auf das Wesentliche beschränkte. *Hätte Noah mir nicht einen solchen Schrecken eingejagt, wäre mir das auch nicht passiert.* Er konnte ihm allerdings deswegen nicht böse sein, und wollte das auch absolut nicht, weshalb er sich wieder entspannte. *Ich sollte den Abend jetzt mal nutzen, um echt wieder auf andere Gedanken zu kommen. Wir sind hier immerhin zu sechst, und ich kann mich nicht ständig von der Gruppe isolieren.* Letzten Endes gelang ihm das auch ganz gut, er schaffte es tatsächlich, seinen Kopf freizubekommen und seinen Fokus auf die vielen verschiedenen Spiele zu legen. Spät in der Nacht trennte sich die Gruppe schließlich voneinander und bezog die jeweiligen Zimmer. Die Verabschiedung zu den anderen, zu denen auch Valentina gehörte, fiel relativ verhalten aus – und kurze Zeit später befand er sich bereits im Bett an der Fensterseite des Zimmers. Noah, der das andere Bett bezogen hatte, hatte gerade noch einen Abstecher ins Bad eingelegt, weshalb Raphael für einen Moment alleine war. Er öffnete das Fenster und genoss die kühle Bergluft, die ins Innere wehte. Ein paar Minuten später löschten sie bereits das Licht, und beendeten den Tag – und Raphael gelang es tatsächlich, sich auf das, was ihnen bevorstand, zu freuen, ehe er bereits eingeschlafen war.

Am nächsten Morgen schlug Raphael als einer der ersten die Augen auf. Da er sich ausgeschlafen fühlte, verließ er das Bett, sammelte sich frische Klamotten zusammen und suchte das größere Badezimmer auf, um dort unter die Dusche zu steigen. Er ließ das Wasser länger laufen als notwendig und stellte es auch nach ein paar Minuten eine Stufe kühler. Da es im Haus komplett still war, vermutete er, dass er tatsächlich der Erste war, der den Tag begonnen hatte – bis er auf die Veranda blickte und dort Valentina sitzen sah. Er spürte, wie er nervös wurde, und überlegte einen kurzen Moment, ehe er sich dazu entschied, ihr Gesellschaft zu leisten.

»Guten Morgen«, sagte er schließlich, als er sich überwunden und die Verandatür geöffnet hatte.

Valentina stellte die Kaffeetasse, die sie in der Hand hielt, auf dem Tisch ab und lächelte ihn an.

»Guten Morgen. Auch schon so früh wach?«

Raphael nickte.

»Ja, die anderen scheinen alle noch zu schlafen. Hättest du Lust, zum See mitzukommen?«

Es hatte einiges an Überwindung gekostet, sie zu fragen, doch Valentina nahm das Ganze ziemlich entspannt und willigte ein.

»Klar. Lass uns direkt los.«

Sie trank den letzten Schluck Kaffee aus und ließ die leere Tasse auf dem Tisch stehen. Kurz darauf beschritten sie bereits den kleinen Weg, der unmittelbar von dem Ferienhaus in Richtung des Sees führte, und hatten selbigen etwa zehn Minuten später erreicht. Die Sonne zeigte sich heute noch nicht am Himmel, sie hielt sich bisher hinter einer dichten Wolkendecke versteckt. Diese Tatsache konnte jedoch den traumhaften Anblick, den der See abgab, nicht im Geringsten mindern. Sie nahmen auf der Bank Platz, die sich in der Nähe des Ufers befand. Valentina rückte so nah an Raphael heran, dass ihre Körper nur noch wenige Zentimeter voneinander entfernt waren. Die Wärme, die sie in diesem Moment ausstrahlte, sorgte dafür, dass Raphael ein positives Gefühl in sich aufsteigen spürte – jedoch gepaart mit einer gewaltigen Menge an Nervosität. *Ich bin tatsächlich alleine mit ihr – jetzt habe ich eine einmalige Chance, die vielleicht als solches nicht wiederkommen wird.* Obwohl er eigentlich nicht bereit dazu war, nahm er sich zusammen, und fing an zu reden.

»Der Ausblick ist wirklich schön, oder?«

Valentina nickte.

»Wahrhaftig. Sieht schon fast zu schön aus, um real zu sein.«

»Ich bin ja wirklich froh, dass ihr mich auf den Trip mitgenommen habt. Ich muss dir aber beichten, dass ich immer noch ein paar Schwierigkeiten im Umgang mit anderen habe. Weißt du... ich kann meine Emotionen manchmal einfach nicht kontrollieren. Das hat sich im Vergleich zu früher zwar schon deutlich verbessert, doch in mir schlummert immer noch etwas, was sich jederzeit wieder an die Oberfläche drängen kann.«

»Wir sind doch dazu da, um dich zu unterstützen. Und ich wäre auch wirklich traurig gewesen, wenn du nicht dabei gewesen wärst.«

Ihre Worte erwärmten sein Herz.

»Danke«, brachte er nur hervor, und senkte seinen Blick zu Boden, da er das Gefühl hatte, zu erröten.

»Da gibt es aber noch etwas, was ich dir nie erzählt habe.«

Er schluckte, nahm seinen gesamten Mut zusammen, und spürte, wie kurz darauf die Worte nahezu aus ihm heraussprudelten.

»Wir hatten ja als Gruppe auch schon viel miteinander zu tun, bis ich mich habe einweisen lassen. In der Zeit hatten wir beide uns ja auch ziemlich oft gesehen, noch dazu hast du mich öfter als alle anderen besucht. Ich habe die Zeit mit dir wirklich immer genossen, und schon seit Jahren das Gefühl, dass da mehr zwischen uns ist.«

Valentina brauchte einen Moment, ehe sie fragte:

»Was meinst du?«

»Ich habe oft an dich denken müssen. Früher, dann während der schlimmen Zeit und jetzt auch noch danach. Ich glaube, dass ich schon seit langem Gefühle für dich habe – habe dir das aber erst natürlich nicht gesagt, weil du mit Julian zusammen warst. Ich wollte eure Beziehung nicht zerstören.«

»Julian war ein Idiot, das habe ich nur erst viel zu spät gemerkt.«

Sie hielt einen Moment inne, ehe sie weitersprach.

»Ich mag dich wirklich gerne, Raphael. Aber ich muss dir ehrlich gestehen, dass ich noch nicht für etwas neues bereit bin. Weißt du... in der Zeit, unmittelbar nach dem Ende meiner Beziehung mit Julian, bin ich durch die Hölle gegangen. Ich kann mich jetzt noch nicht auf etwas neues einlassen. Ich hoffe, das verstehst du.«

Sie legte ihren Kopf auf seiner Schulter ab – einen Schritt, den Raphael anhand der Situation, in der sie sich gerade befanden, nicht wirklich einordnen konnte. Einerseits fühlte er sich schon ein Stück weit befreit, da er sich Valentina anvertraut hatte, doch andererseits hatte das Ganze nicht das Ende genommen, welches er sich gewünscht hatte. Er konnte nicht mal sagen, was genau er erwartet hatte, doch ihre Antwort hatte ihn schon ein wenig enttäuscht, auch, wenn er in diesem Moment versuchte, das nicht zu zeigen. Sie verbrachten noch ein bisschen Zeit, ehe sie sich schließlich dazu entschieden, zurück zum Ferienhaus zu gehen. Raphael vermutete, dass die anderen mittlerweile auch mal aufgestanden sein würden, und setzte auch ein Stück weit darauf, da das mit der Hoffnung verbunden war, dass sich jemand ums Frühstück gekümmert hatte.

Selbiges war schließlich auch der Fall gewesen, und nachdem sie die erste Mahlzeit des Tages hinter sich gebracht hatten, entschieden sie sich dazu, einen Ausflug in die fünfzig Kilometer entfernte Stadt zu machen. Knapp eine Stunde später hatten sie die Fahrzeuge bereits auf dem Parkdeck einer großen Supermarktkette abgestellt und sich ins Innere eines kleinen Souvenirshops begeben.

»Diese Kette hier sieht aus wie die, die du sonst immer trägst«, meinte Malea an Valentina gewandt und hielt besagtes Schmuckstück hoch.

»Wie meinst du das?«

Valentina zog eine Augenbraue hoch.

»Du trägst sie heute nicht.«

Der Ausdruck in Valentinas Gesicht veränderte sich schlagartig. Nervös legte sie ihre Finger um ihren Hals, und tastete ihre Haut ab.

»Du hast recht. Ich habe sie mir aber heute Morgen definitiv angelegt. Ich muss sie wohl verloren haben.«

8

Eine Halskette. Campbell wog das Schmuckstück in seiner Hand hin und her und betrachtete es genau. Als Anhänger baumelte am unteren Ende ein Herz, auf dem der Buchstabe V geschrieben stand. *Die Kette sieht noch nicht so aus, als würde sie schon lange dort liegen.* Er versuchte, sich die Namen der Schweizer Reisegruppe durch den Kopf gehen zu lassen. *Valentina. Verdammt, eine der Frauen hieß Valentina!* Er spürte, wie ihm heiß und kalt zugleich wurde. Er konnte die Kette keineswegs an Ort und Stelle liegen lassen, weshalb er sie in seiner Hosentasche verschwinden ließ und seinen Weg in Richtung des Ferienhauses fortsetzte. Das Ganze konnte natürlich ein riesengroßer Zufall sein, doch alle Indizien sprachen einfach dafür, dass er jetzt, sowohl mit dem Fund des Schnitzmessers, als auch mit dem der Halskette, etwas entdeckt hatte, was ihn vielleicht etwas weiterbringen würde – auch, wenn er das noch nicht ganz so gut einschätzen konnte. *Hat sich also doch gelohnt, mal eine andere Sicht auf die Dinge zu haben – so oder so.* Er nahm sich vor, nun wieder innerhalb des Hauses nachzuschauen, ob ihm irgendetwas neues auffallen würde. Bislang hatte er einzig und allein das Wohnzimmer akribisch unter die Lupe genommen, die anderen Räume hatte er sich nur oberflächlich angeschaut – allerdings hatte es in ihnen eben auch nichts gegeben, was seine Aufmerksamkeit direkt in Beschlag genommen hatte. Im Inneren wieder angekommen, setzte er seine Suche nach irgendetwas Brauchbarem im Obergeschoss fort. Eine kurze Wendeltreppe führte ihn eine Etage höher, hier gab es neben zwei Schlafzimmern auch ein Badezimmer, welches jedoch kleiner war als das, was sich im Erdgeschoss befand. Das erste Schlafzimmer befand sich von ihm aus gesehen auf der linken Seite, er stieß die Tür auf und ließ seinen Blick durch den Raum schweifen. Hier gab es zwei Betten, die ein Stück weit auseinandergeschoben waren. Der ganze Anblick des Raumes ließ absolut nicht darauf schließen, dass dieser vor wenigen Tagen noch bewohnt gewesen war, was Campbell eine Gänsehaut über den Körper jagte. *Die komplette Reisegruppe ist spurlos verschwunden, und es gibt irgendwie keine Anzeichen darauf, dass sie jemals in diesem Haus waren – wenn ich mal das Messer und die Kette außenvor lasse.* Nachdem die Spurensicherung das Haus auf den Kopf gestellt hatte, war es von der Vermietung wieder komplett normal hergerichtet worden, was die Möglichkeit, hier tatsächlich noch etwas zu finden, verschwindend gering aussehen ließ, doch dessen war sich Campbell klar, seit er einen Fuß ins Haus gesetzt hatte. Er setzte sich einen Moment auf die Bettkante, ja, legte sich später sogar auf die Matratze und starrte einfach nur an die Decke. Er wollte so versuchen, erneut einen anderen Blickwinkel einzunehmen, hatte damit jedoch zunächst keinen Erfolg. Erst, als er sich wieder aufrichtete, und sein Blick in Richtung des kleinen Tisches, der sich an der Wand befand, schwenkte, sah er dort etwas auf dem Boden unter der Teppichkante hervorblitzen. Er stand auf, ging auf die Knie, zog die Kante zurück – und nahm das Papier näher in Augenschein. Es war nicht viel drauf zu sehen, doch die kleine Zeichnung, die er erkennen konnte, sorgte dafür, dass ihm die Luft wegblieb.

9

»Du hast sie bestimmt im Haus verloren«, munterte Malea Valentina, die ob des Verlustes der Halskette ziemlich geknickt wirkte, auf.

»Wir werden nachher gründlich auf die Suche gehen.«

»Ich hoffe es. Meine Mutter hat sie mir vor zwei Jahren geschenkt, und es ist eines der wertvollsten Erinnerungsstücke, die ich an sie habe.«

Raphael erkannte Tränen in Valentinas Augen aufblitzen. Er hätte sie in diesem Moment am liebsten fest in die Arme geschlossen, fühlte sich jedoch nicht fähig dazu. Diese Aufgabe übernahm schließlich Malea, die sich weiterhin in unmittelbarer Nähe zu Valentina befand.

»Sie wird jeden Tag stolz von einer Wolke aus auf dich herabschauen.«

Valentina musste bei ihren Worten kurz lächeln.

»Ich hoffe es.«

Valentina hatte ihre Mutter vor etwas mehr als eineinhalb Jahren verloren – nachdem ihr Brustkrebs im Endstadium diagnostiziert worden war, hatte sie nicht mal mehr zwei Monate zu leben gehabt. Für Valentina und ihren Vater war das eine verdammt schwere Zeit gewesen, doch die beiden hatten seit jeher ein gutes Verhältnis zueinander gehabt und konnten dem anderen Trost spenden, wann immer das nötig gewesen war.

»Das muss ich unbedingt haben.«

Raphael drehte sich um und erblickte Zoe, die die Worte ausgesprochen hatte, direkt hinter sich. Sie stand vor einem Regal, in dem ein Panoramabild in einem Holzrahmen ausgestellt war. Es zeigte den See vor dem Ferienhaus aus einem atemberaubenden Winkel.

»Das kann ich dir komplett kostenlos machen«, murmelte Noah und grinste.

»Sogar noch eine Stufe schöner.«

Raphael verdrehte daraufhin innerlich die Augen. Eigentlich mochte er Noah, doch die Arroganz und das teilweise selbstverliebte Verhalten, welches ebenjener ab und zu an den Tag legte, passte ihm nicht so in den Kram. *Das einzig Demütige an ihm ist sein Nachname.* Raphael musste über seinen Gedanken lachen, weil dieser einfach enorm passend war. Das bekam von den anderen jedoch keiner mit, da sich alle gerade das Bild anschauen, welches Zoe entdeckt hatte.

»Das klingt nach einem Deal«, meinte sie schließlich, woraufhin Noah nickte.

»Heute Nachmittag können wir die Grundlage dafür schaffen. Wir müssen uns nur ein perfektes Panorama aussuchen.«

»Ich denke, das sollten wir hinkriegen, oder?«

Zoe ließ ihren Blick schweifen und erntete von jedem ein Nicken.

Der Rest des Vormittags verging schneller, als es ihnen lieb gewesen war – sie stöberten durch die Geschäfte, verbrachten gemeinsam Zeit miteinander und hatten viel Spaß dabei. Für Raphael fühlte es sich sogar so an, als würde er langsam auftauen, der Eisblock, der die letzten Jahre in seinem Inneren entstanden war, schmolz mit der Zeit immer mehr. *Vielleicht ist das genau die Therapie, die ich nach meiner eigentlichen Therapie brauche. Ich muss mich frei fühlen, und die Zeit mit meinen Freunden genießen.*

Gegen Nachmittag waren sie wieder im Ferienhaus angekommen, verbrachten dort jedoch nicht besonders viel Zeit, sondern brachen stattdessen direkt zu dem geplanten Spaziergang um den See herum auf. Da der Weg an einigen Stellen so eng war, dass man nur zu zweit nebeneinander gehen konnte, hatten sich die bereits bekannten Gruppen gebildet. Zoe und Laurin bildeten die Spitze und hielten ein paar Meter Abstand. Während Laurin nach außen hin absolute Ruhe verkörperte, erwies sich Zoe in diesem Moment als redselig, sie quatschte über Gott und die Welt und erntete von ihrem Freund nur ab und an eine kurze Erwiderung oder ein Nicken. In der Mitte hielt sich Raphael gemeinsam mit Noah, der seinen Blick dauerhaft auf der Suche nach dem perfekten Foto schweifen ließ. Ab und zu stoppte er, positionierte sich mit der Kamera und schoss zahlreiche Fotos – mal von der Gruppe, mal bloß von der Natur. Raphael versuchte, dem Dialog von Malea und Valentina zu lauschen, doch das meiste, was sie sprachen, war für ihn uninteressant. Valentina schien die Tatsache, dass sie ihre verlorene Halskette auch im Haus nicht gefunden hatte, ganz schön an die Nieren zu gehen, sie wirkte noch immer ein wenig niedergeschlagen, und die Versuche von Malea, sie um jeden Preis aufzuheitern, schlugen überwiegend fehl. Nachdem es anfangs noch so ausgesehen hatte, als würde die Sonne sich heute aufgrund der dichten Wolkendecke nicht mehr zeigen, wurden sie kurze Zeit später vom Gegenteil überzeugt. Die Wolken hatten sich verzogen, was dafür sorgte, dass es mit einem Mal ziemlich warm wurde. Raphael zog seinen dünnen Pullover, den er zuvor extra mitgenommen hatte, aus, da er bereits ins Schwitzen gekommen war, was auch daran lag, dass der Weg immer mal wieder bergauf und bergab führte. Die Gruppe hatte sich mittlerweile etwas weiter auseinandergezogen. Laurin und Zoe befanden sich fast außer Sichtweite hinter den Bäumen, während Malea und Valentina so weit zurückgefallen waren, dass Raphael sich dazu entschied, auf die beiden zu warten. Noah befand sich etwa auf einer Höhe, und das nutzte er auch direkt aus, um ein Gespräch zu starten.

»Du stehst auf sie, oder?«

Die Frage kam so plötzlich, dass Raphael sich ein wenig erschlagen fühlte. Er war mit der Situation überfordert und wusste nicht, was er darauf antworten sollte – weil er eben eine solche Frage auch nicht erwartet hatte.

»Was meinst du?«

»Na, Valentina. Ich sehe doch deine ständigen, verträumten Blicke in ihre Richtung.«

Raphael spürte, wie er errötete. *War das wirklich so auffällig? Oder will er mich nur aus der Reserve locken?* Da er Schwierigkeiten hatte, die Situation zu deuten, meinte er einfach nur:

»Ich glaube, das bildest du dir nur ein.«

»Das möchte ich auch hoffen.«

Noah lachte verkniffen.

»Ich stehe nämlich schon seit Jahren auf sie«, flüsterte er, da Valentina und Malea bereits ein bisschen nähergekommen waren.

»Und ich hoffe, dass wir es jetzt endlich mal schaffen, uns näher zu kommen.«

Raphael spürte, wie sich ihm der Magen umdrehte. Ihm wurde heiß und kalt zugleich, noch dazu bekam er eine Gänsehaut, die ihm jedoch in diesem Moment ganz und gar nicht behagte. Hatte Noahs Stimme wirklich bedrohlich geklungen, oder hatte er sich das nur eingebildet? *Verdammt, Mann. Warum musst du mir einen Strich durch die Rechnung machen?* Er wollte sich nicht mit Noah streiten oder gar anlegen, was nicht nur daran lag, dass ebendieser einen Kopf größer und auch deutlich breiter gebaut war – nein, Raphael dachte auch an die Freundschaft, die sie schon lange zueinander pflegten. *Ich darf nicht zulassen, dass Valentina der Grund dafür wird, dass wir uns zerstreiten.* Da ihm keine passende Antwort einfiel, zuckte er bloß mit den Schultern, und hoffte, dass Noah dies als Antwort genügen würde. Dem schien tatsächlich so zu sein, denn selbiger führte das Thema nicht mehr weiter aus, sondern wandte sich an Malea und Valentina, die sie mittlerweile fast erreicht hatten.

»Ihr trödelt ganz schön.«

Er grinste.

»Wir sollten langsam mal weiter. Da vorne finden sich bestimmt noch gute Spots für Fotos.«

Er schwenkte seine Kamera hin und her, woraufhin Malea die Augen verdrehte.

»Du denkst auch den ganzen Tag nur an deine Fotos, oder?«

Das Lachen, welches sie ihrer Aussage hinzufügte, ließ darauf hindeuten, dass sie es nicht ganz so ernst damit meinte.

»Mein allerliebstes Hobby«, gab Noah zu und zuckte mit den Schultern.

»Das kannst du aber auch wirklich gut«, meinte Valentina und lächelte.

Raphael nahm zur Kenntnis, dass sich die Blicke der beiden für einen kurzen Moment trafen, und wandte sich daraufhin ab. Er versuchte, seinen Kopf freizubekommen, und machte sich daran, zu Laurin und Zoe aufzuschließen. Der Tag hatte schließlich so gut begonnen, und er wollte ihn sich nicht durch eine Kleinigkeit verderben lassen. *Ich darf es mir einfach nicht anmerken lassen, dass ich auf Valentina stehe. Immerhin habe ich es der einzigen Person, die das überhaupt wissen muss, bereits gebeichtet – nämlich ihr. Zudem würden Noah und sie auch gar nicht zueinander passen.* Er ließ seine Gedanken weiterhin in verschiedene Richtungen schweifen, während er die nächste Anhöhe passierte, hinter der Laurin und Zoe bereits auf den Rest der Gruppe warteten. *Allerdings stellt sich auch die Frage, ob wir beide zueinander passen würden. Immerhin kann sie mich leicht als Irren abstempeln.* Es beunruhigte ihn, ja, machte ihn regelrecht fertig, dass er diese Denkweise einfach nicht loswerden konnte. *Manchmal schadet es nicht, ein bisschen selbstbewusst durch die Welt zu gehen. Doch wenn man das absolut nicht kann, weil man psychisch noch ziemlich angeschlagen ist, kann das zur Qual werden.*

Er schaffte es zwar irgendwie, die restliche Zeit hinter sich zu bringen, konnte den Nachmittag am See jedoch nicht mehr wirklich genießen. Ihm ging der kurze, aber einprägsame Dialog mit Noah einfach nicht mehr aus dem Kopf, und er verfluchte ihn dafür, dass es ausgerechnet Valentina sein musste, an die er scheinbar ebenfalls sein Herz verloren hatte. Zwei Stunden später befanden sie sich wieder im Ferienhaus, in dem schließlich jeder wieder ein Stück weit seinen eigenen Dingen nachging. Raphael entschied sich dazu, zumindest für einen Moment das Schlafzimmer aufzusuchen, um etwas runterzukommen. Normalerweise hätte er dazu sein Schnitzmesser und den Holzklotz genutzt, doch da Noah sein Versprechen, ihm ein neues zu kaufen, nicht eingelöst und er daran während des Aufenthaltes in der Stadt gar nicht gedacht hatte, musste er darauf verzichten. *Ich könnte mir einen Tee kochen. Das hat mir ja immerhin auch während der meisten Sitzungen geholfen, um meine Nerven etwas zu beruhigen.* Er hatte sich genau für diesen Fall extra ein

48

Paar Beutel mitgenommen, weshalb er die Mineralwasserflasche, die auf der Kommode neben seinem Bett stand, öffnete, etwas von dem Inhalt in den Wasserkocher kippte und ihn anschaltete. Während das Wasser langsam zu köcheln begann, öffnete er seinen Koffer und wühlte sich durch die Kleidungsstücke, die obenauf lagen. Während er das tat, entdeckte er in seinem Augenwinkel etwas – er hatte es zunächst gar nicht gesehen, doch jetzt war ihm das Stück Papier, welches unterhalb einer Jeanshose hervorragte, direkt aufgefallen. Er runzelte die Stirn, zog es hervor, und warf einen Blick darauf. *Was soll das?* Er konnte sich die verschiedenen, kleinen Zeichnungen, die er auf dem Papier sehen konnte, nicht erklären. *Falls das ein Scherz sein sollte, dann ist das ziemlich makaber.* Die Kritzeleien sahen aus, als hätte ein Kleinkind sie gemacht – eines mit einer ziemlich ausgeprägten und düsteren Fantasie. Raphael erkannte eine verzerrte Fratze, die wohl in selbst darstellen sollte – darunter einige obszöne Bemerkungen und eine Ansammlung verschiedenster Waffen. *Ich bin ein Psychopath*, stand am unteren Rand geschrieben – und suggerierte Raphael in dem Moment, in dem er den Satz gelesen hatte, dass das zu viel für einen einfachen Scherz war.

10

Ich bin ein Psychopath. Die Worte, die auf dem Papierfetzen, der nicht wirklich groß war, gemeinsam mit einer grausamen Fratze zu sehen waren, sorgten dafür, dass Campbell nachdenklich wurde. Da er sich mit der Gruppe genauestens befasst hatte – nicht nur mit den Namen, sondern auch mit den Charakteren der verschwundenen Menschen, zumindest mit den Infos, die er erhalten hatte, wusste er, dass einer von ihnen frisch aus der Psychiatrie entlassen worden war. Diese Tatsache, gepaart mit der beunruhigenden Zeichnung, veranlasste ihn dazu, wieder das Wohnzimmer aufzusuchen. Dort angekommen, nahm er auf der Couch Platz, und warf einen Blick auf die Notizen, die er sich gemacht hatte, bevor er das Haus betreten hatte. Als er beim Namen *Raphael Keller* angekommen war, stockte er kurz. *Das ist er.* Campbell versuchte, die Gedanken, die sich gerade zeitgleich anbahnten, richtig einordnen zu können. *Haben wir damit etwa einen Verdächtigen gefunden?* Er warf einen erneuten Blick auf den Fetzen mit der Zeichnung, und schweifte immer wieder hin und her. *Das wäre doch zu auffällig. Oder aber nicht?* Er wusste aus eigenen Erfahrungen, dass viele Menschen, die eine psychische Erkrankung hatten, eine tickende Zeitbombe sein konnten. Ihr Verhalten konnte sich mitunter in Sekundenbruchteilen und manchmal ohne erkennbaren Grund verändern. Gerade, als er seine Gedanken noch weiter vertiefen wollte, holte ihn das Klingeln seines Handys wieder in die Realität zurück.

»Douglas?«

Er war überrascht, dass sein Kollege nochmal anrief. Damit hatte er nicht gerechnet, da das, an Wochenenden, sonst auch nie der Fall gewesen war. *Das muss bedeuten, dass ihn der Fall auf eine gewisse Art und Weise auch mitnimmt.*

»Ja, Rick, ich bin es. Ich habe mit Darren telefoniert, und er hat mich tatsächlich dazu überredet, unmittelbar zum Ferienhaus zu fahren. Bist du zurzeit noch vor Ort?«

»Ja.«

Campbell entschied sich dazu, nicht schon am Telefon von seinen weiteren Entdeckungen zu erzählen. Nein, er nahm sich vor, das von Angesicht zu Angesicht zu machen.

»Okay, ich glaube, wir brauchen eine knappe Stunde. Wir machen uns direkt auf den Weg.«

»Super. Dann sehen wir uns gleich.«

Bailey wartete einen Moment, ehe er antwortete. Campbell konnte sich in diesen paar Sekunden, die sein Kollege brauchte, genau vorstellen, wie es in ihm, und vor allem auf seinem Gesicht aussehen mochte, und musste deshalb unweigerlich grinsen. *Da hat er sich selbst doch glatt aus seiner allgemeinen Sonntagsroutine herauskatapultiert.*

»Du kannst dir sicherlich vorstellen, was ich darüber denke. Bis gleich.«

Das war genau die Antwort, die er sich erwartet hatte, weshalb er sich ein Grinsen nicht verkneifen konnte. Ohne, dass er auf die letzte Antwort seines Kollegen etwas erwidern konnte, war das Telefonat bereits beendet worden. Zufrieden lehnte er sich auf der Couch zurück und nahm sich vor, nun eine kleine Pause einzulegen. Im Nachhinein war er ziemlich überrascht, auf diese Kette von Entdeckungen gestoßen zu sein. Denn irgendwie hatte es sich anfangs ganz und gar nicht so angefühlt, doch mit dem Fund des Schnitzmessers war das alles so schnell gegangen

– die Halskette und der mysteriöse Papierfetzen waren unmittelbar darauf gefolgt. *Vielleicht warten ja noch mehr Hinweise auf mich.* Die komplette Situation fühlte sich wie ein riesengroßes Puzzle an, doch die Teile, die er bisher in der Hand hatte, ließen sich noch nicht miteinander verbinden. Sicher war er sich allerdings bei der Tatsache, dass der Name Raphael Keller im Zentrum der schrecklichen Ereignisse stand. *Kann ein einzelner Mensch wirklich dazu in der Lage sein, fünf andere zu beseitigen – ohne dabei auch nur eine Spur zu hinterlassen?* So ganz passte das nicht zusammen, und er brannte daher darauf, die Meinung der anderen beiden zu hören, die sich mittlerweile bereits auf den Weg gemacht haben mussten. Die Zeit wollte jedoch einfach nicht vergehen, und irgendwann war ihm so langweilig geworden, dass er einfach weitermachen musste. Er beließ es jetzt jedoch bei Notizen, und es gelang ihm nun tatsächlich, im Gegensatz zum Anfang, seinen Block immer mehr zu füllen. Schon fast von alleine verschriftlichten sich seine Gedanken auf dem Papier, und er spürte nach einiger Zeit, wie sich ein Krampf in seiner rechten Hand anbahnte. Aus diesem Grund legte er eine erneute Pause ein. *Das sollte erstmal reichen.* Die folgenden Minuten nutzte er dazu, noch etwas Sonne zu tanken, ehe er bereits den Motor eines Autos hörte, welches sich dem Ferienhaus immer weiter näherte. Er begab sich auf die Seite, die zur Straße führte, und konnte aus der Ferne bereits den Privatwagen seines Kollegen sehen.

»Ihr scheint gut durchgekommen zu sein«, meinte Campbell zur Begrüßung und grinste.

»Wo soll es hier denn bitte auch Stau geben? Wir müssten mittlerweile am sogenannten Arsch der Welt angekommen sein.« Bailey klang genervt und versuchte auch gar nicht erst, das zu verbergen.

»Der perfekte Ort, um Urlaub in dieser Hütte zu machen, oder nicht?«

»Nicht wirklich, wenn du mich fragst. Ich habe zwar gerne meine Ruhe, aber das geht sogar mir zu weit.«

Direkt im Anschluss an Baileys letzten Satz machte Campbell sich daran, Darren zu begrüßen. Der Mann von der Spurensicherung wirkte enorm fokussiert und verzog nur kurz sein Gesicht, ehe er wieder einen ernsten Ausdruck aufsetzte.

»Darren brennt darauf, das Messer zu sehen«, murmelte Bailey. »Er kann sich einfach nicht vorstellen, dass ihm das wirklich durch die Lappen gegangen ist.«

Die Worte seines Kollegen sorgten dafür, dass Campbell eine gewisse Art von Stolz in sich aufsteigen spürte. *Mit diesem Fund kannst du dir vielleicht einen noch besseren Stand auf dem Revier erarbeiten. Was, wenn das wirklich die entscheidende Entdeckung ist?* Sein Gedanke lebte natürlich auch ein wenig von Träumerei, doch das ließ er in diesem Moment auch zu.

»So würde ich das nicht nennen«, entgegnete Darren verkniffen.

»Ich würde es trotzdem gerne sehen. Also?«

Sein erwartungsvoller Blick sorgte dafür, dass Campbell vorausging und die beiden auf die Veranda führte. Es dauerte einen Moment, bis er besagte Stelle gefunden hatte, an der er auf die Knie ging und auf den Boden deutete.

»Da liegt das gute Stück.«

Darren kniete sich ebenfalls hin, und versuchte, einen Blick zwischen die Holzbohlen zu werfen.

»Du hattest mit allem recht. Auf der Klinge klebt doch tatsächlich Blut – zwar nicht viel, aber immerhin so viel, dass es locker

dazu ausreichen würde, weitere Nachforschungen anzustellen.«
Er erhob sich, klopfte sich den Staub von der Hose und meinte:
»Gut, dass ich vorgesorgt habe. Wartet hier, ich komme gleich
wieder zurück.«
Kurze Zeit später tat er auch genau das, und zwar mit einer Säge
in der Hand.
»Das Messer ist ein verdächtiger Gegenstand, vielleicht sogar
eine Mordwaffe. Wir müssen es daher sichern und die Spuren
auswerten.«
Bevor er damit begann, einen ersten Sägeschnitt zu setzen, zog
er sich Latexhandschuhe über. Der Anblick, den er abgab, erinnerte Campbell an einen operierenden Arzt. Die Säge hingegen
ließ ihn eher wie einen Mörder wirken, doch all diese Gedanken
waren vergessen, als er sich daran machte, eine der Holzbohlen
feinsäuberlich aufzusägen. Es dauerte keine zwei Minuten, ehe
er den Durchbruch geschafft hatte. Er griff vorsichtig nach dem
Messer, verstaute es in einem Einwegbeutel und steckte sich
diesen in seine Brusttasche.
»Das kommt morgen direkt ins Labor zur Analyse. Gibt es sonst
noch etwas, was ich wissen sollte?«
Campbell sah, dass nun der Moment gekommen war, an dem er
von seinen anderen Entdeckungen berichten konnte – und tat
das auch umgehend. Da er nicht mit dem Papierfetzen anfangen
wollte, blieb da noch die Halskette, die er in einem Grasbüschel
am Wegesrand gefunden hatte.
»Dürfte ich die Kette mal sehen?«
Campbell zögerte kurz, kramte das Schmuckstück dann jedoch
hervor.
»Der Buchstabe V lässt darauf schließen, dass sie der jungen
Frau namens Valentina gehörte.«

»Wirklich formidabel, Herr Kollege«, murmelte Bailey.

»Nur erschließt sich mir noch nicht ganz, wie wir diese Fundstücke sinnvoll miteinander kombinieren können.«

»Das habe ich auch schon vergebens versucht. Vielleicht fehlen noch weitere Anhaltspunkte.«

Bevor Bailey zu einer Antwort ansetzen konnte, begann das Handy von Campbell erneut zu klingeln. Da das Gerät außerhalb seiner Reichweite lag, stand er auf und nahm den Anruf entgegen.

»Officer Rick Campbell.«

»Officer Campbell? Ich bedaure, Sie an Ihrem freien Tag anzurufen, doch es gibt Neuigkeiten im Fall der vermissten Reisegruppe.«

Campbell runzelte die Stirn, wandte sich an Darren und Bailey und legte sich einen Finger auf die Lippen, um beiden zu signalisieren, leise zu sein. Als das schließlich geschehen war, stellte er den Lautsprecher seines Mobiltelefons auf laut. Er hatte die Stimme natürlich direkt erkannt, es handelte sich um die seines Vorgesetzten Detective Logan Gates.

»Schießen Sie los«, meinte Campbell bloß noch, um dafür zu sorgen, dass Gates weitersprechen würde.

»Die Kollegen auf Streife haben einen Mann entdeckt, der auf der Straße in Richtung Gebirge gelaufen ist. Bei einer kurzen Vernehmung hat sich herausgestellt, dass es sich um einen von der Reisegruppe handelt.«

Campbell spürte, wie sein Herz schneller zu schlagen begann.

»Wer ist es?«

»Raphael Keller.«

11

Er wusste im ersten Moment nicht, wie er sich verhalten sollte - weshalb er sich einfach dazu entschied, das Blatt Papier zu zerreißen und es in den Mülleimer zu werfen. *Wenn ich das den anderen gezeigt hätte, hätten sie mich vermutlich für komplett geisteskrank gehalten.* Er nahm zur Kenntnis, dass ein Teil des Papiers unter die hervorstehende Teppichkante rutschte, hatte jedoch keine Lust, es aufzuheben, weshalb er es einfach liegen ließ. *Das kann nur Noah gewesen sein. Aber was möchte er mir damit sagen?* Er versuchte fieberhaft, nachzudenken - konnte sich jedoch keinen Reim darauf machen. Er konnte sich nicht vorstellen, dass sein Freund darauf aus war, einen Krieg zwischen ihnen zu entfachen. Immerhin hatte Raphael während des Gespräches vorhin verneint, dass er ebenfalls auf Valentina stehen würde - doch war das wirklich glaubwürdig gewesen? *Es kann doch nicht sein, dass sich unser Verhältnis dadurch verschlechtert.* Er schüttelte den Kopf und nahm sich vor, das Ganze einfach zu vergessen. Nebenbei bemerkte er, dass sich der Wasserkocher von selbst wieder ausgeschaltet hatte, weshalb er seine Suche nach den Teebeuteln intensivierte und sie schließlich auch fand. Er nutzte eine der beiden weißen Porzellantassen, die sich umgedreht auf dem Tisch befanden, riss die Verpackung des Teebeutels mit zitternden Händen auf und goss sich das heiße Wasser ein. Da er in diesem Moment mit seinen Gedanken nicht wirklich klarkam, entschied er sich jetzt bereits dazu, wieder zur Gruppe zurückzukehren. Auf der Couch im Wohnzimmer war noch ein Platz frei, nämlich der neben Malea. Raphael ließ sich dort nieder, stellte die Tasse auf dem Tisch ab und ließ seinen Blick durch die Runde schweifen. Noah schien zwar Notiz davon genommen zu haben, dass er wieder aufgetaucht war, wollte ihn jedoch in diesem Moment nicht weiter beachten, da er seinen vollen Fokus auf das Gespräch mit Valentina gelegt hatte, welches ziemlich rege zu verlaufen schien. Sie trug ein bunt gemustertes Flanellhemd, welches sie jedoch nicht zugeknöpft hatte. Raphael hatte es noch nie an ihr gesehen, fand aber, dass es sehr zu ihr passte.

»Wollt ihr die Fotos von heute mal sehen?«, fragte Noah ein paar Augenblicke später, woraufhin der Großteil der Gruppe nickte.

»Okay, bin gleich wieder da.«

Er stand auf, und verschwand in Richtung Zimmer. Raphael überlegte für den Bruchteil einer Sekunde, ob er Noah jetzt, wo die Chance dazu da war, fragen sollte, aus welchem Grund er diese unheimliche und zugleich auch verletzende Zeichnung in seinem Koffer deponiert hatte. Er entschied sich jedoch recht schnell dagegen, da er sich momentan nicht in der Lage dazu fühlte, ihm einfach so unter die Augen zu treten und eine Diskussion führen zu können. *Treibt ihn die Tatsache, dass er glaubt, mich in Bezug auf Valentina durchschaut zu haben, wirklich dazu, zu solchen Mitteln zu greifen?* Er schüttelte den Kopf und besann sich darauf, das Ganze einfach zu vergessen.

Kurze Zeit später sahen sie sich bereits gemeinsam die Fotos an. Noah hatte seinen Laptop mit dem Fernseher verbunden und die Fotos von der Speicherkarte der Kamera übertragen. So verging dann auch der restliche Nachmittag. Etwas später als am gestrigen Tage bereiteten sie sich ein üppiges Abendessen zu, und auch der Ablauf danach war derselbe: ein erneuter Spieleabend stand auf dem Plan, an dem Raphael jedoch heute nicht teilnehmen wollte. Irgendwie hatte er das Gefühl, dass sein Kopf zu sehr schwirrte, und die Nähe zu den anderen behagte ihm plötzlich nicht mehr, weshalb er das Schlafzimmer aufsuchte. Dort öffnete er das Fenster, setzte sich auf sein Bett und nahm sich einen Moment zum Durchatmen. Während kühle Luft durch den Spalt, den das Fenster geöffnet war, ins Innere wehte, bekam er das Gefühl, wieder etwas klarer denken zu können. *Mal angenommen, Noah hat den Zettel nicht dort platziert, sondern jemand anderes – dann würde sich die Frage stellen, wer mir so bewusst schaden möchte.* Auf einmal fühlte es sich nicht mehr gut an, dem Trip zugestimmt zu haben. *Irgendjemand, vermutlich Noah, möchte mich hier nicht dabei haben. Doch aus welchem Grund, verdammt?* Je mehr er über das, was geschehen war, nachdachte, desto trauriger wurde er. Er starrte einen Moment lang einfach nur an die Wand, als er schließlich ein leises Klopfen an der Zimmertür vernahm.

»Ja?«

Obwohl er keine Lust auf Gesellschaft hatte, wollte er doch wissen, wer sich dort vor der Tür befinden würde. Als sich selbige schließlich langsam öffnete, sah er Valentina eintreten.

»Ist alles in Ordnung?«

Sie setzte sich auf die Bettkante und blickte ihn fragend an. In ihrem Blick lag eine Menge Sorge, und Raphael war für einen Moment lang versucht, ihr zu erzählen, was ihm gerade enormes Kopfzerbrechen bereitete. Da er jedoch keine Unruhe stiften wollte, sagte er bloß:

»Ja, es ist alles okay. Ich brauchte nur gerade ein wenig Ruhe.«

»Bist du dir sicher? Du wirkst den ganzen Nachmittag schon ziemlich geknickt auf mich.«

Sie legte eine kurze Pause ein und setzte einen anderen Blick auf. Dieser wirkte nun um noch einiges einfühlsamer, und die Tatsache, dass sie sogar noch ein Stück näher an ihn heranrückte, bestätigte ihm das.

»Es hat doch nichts mit unserem Gespräch zu tun, oder?«
Raphael fühlte sich unsicher und wusste nicht wirklich, was er darauf antworten sollte. *Nein, hat es nicht, aber irgendwie stehst du eben im Zentrum der ganzen Dinge. Wenn Noah nur nicht hier wäre...* Dieser Gedanke verschreckte ihn selbst ein wenig, und er hätte nie gedacht, dass er einmal in eine solche Richtung denken würde – oder eben denken müssen würde. Die Last auf seinen Schultern wirkte in diesem Moment einfach zu schwer, er hatte das Gefühl, dass er zusammenbrechen würde, wenn er sich Valentina nicht anvertrauen würde – was er schließlich auch tat. Ohne das überhaupt zu wollen, erzählte er ihr alles, und ließ auch die Tatsache, dass Noah ihm eine versteckte Drohung hatte zukommen lassen, nicht außen vor.

»Das geht wirklich deutlich zu weit.«
Unter ihre folgenden Worte legte sie nun einen anderen Ton – das tat sie vermutlich, um die angespannte Stimmung etwas anzuheben.

»Ihr seid doch gut miteinander befreundet. Ich kann einfach nicht zulassen, dass ihr euch wegen mir streitet.«
Sie legte eine kurze Pause ein, ehe sie weitersprach.

»Zudem hatte ich dir doch gesagt, dass ich noch nicht bereit bin, mich auf etwas neues einzulassen. Und ganz unter uns – du könntest eher dafür sorgen, dass sich das ändern würde, als Noah. Da kannst du dir sicher sein.«
Ihr letzter Satz sorgte tatsächlich dafür, dass Raphael lächeln konnte, und das, obwohl die Last, die auf seinen Schultern gelegen hatte, nur unwesentlich leichter geworden war.

»Danke«, brachte er bloß hervor, und sparte sich weitere Worte.
»Möchtest du jetzt wieder mitkommen? Die anderen haben dich
auch schon vermisst.«

»Klar, warum nicht.«

Raphael erhob sich und folgte Valentina, die bereits die Zimmertür geöffnet hatte. Es gelang ihm in den folgenden Stunden tatsächlich, die mysteriöse Zeichnung und alles andere, was ihm nicht behagte, für eine Weile beiseitezuschieben – um genau zu sein für den gesamten, restlichen Abend, bis zu dem Moment, an dem sie ihre Zimmer wieder aufgesucht hatten und er in der Dunkelheit auf seinem Bett lag. Er hatte mit Noah kein Wort mehr gewechselt, und nahm sich vor, das von seiner Seite aus am heutigen Abend auch nicht mehr zu ändern. Irgendwann, es schien eine Ewigkeit vergangen zu sein, war sein Körper schließlich zur Ruhe gekommen – und er in die Welt der Träume versunken.

12

»Sie haben Raphael Keller auf der Straße gefunden?«
Campbell hatte Schwierigkeiten damit, die Worte seines Vorgesetzten genau zu deuten.
»Ja, er befand sich mitten auf der Straße, weshalb ihn die Kollegen auch ins Visier genommen hatten.«
»Könnten Sie irgendwie veranlassen, dass ich mit ihm sprechen kann?«
»Wir könnten ihn für morgen auf die Dienststelle bestellen. Das ließe sich mit Sicherheit einrichten.«
»Ich spreche nicht von morgen, sondern von heute.«
Obwohl Campbell genau das zunächst nicht gewollt hatte, erzählte er Detective Gates davon, dass er sich zurzeit im Ferienhaus aufhielt – um den Nutzen des Ganzen zu unterstreichen, sprach er sowohl von dem Fund, als auch von der Tatsache, dass neben seinem Kollegen Douglas Bailey auch jemand von der Spurensicherung vor Ort war.
»Sie sind ein guter Mann, Campbell, doch niemand von uns erwartet von Ihnen, dass Sie sich außerhalb ihrer Arbeitszeiten in Fälle vertiefen.«
Gates legte eine kurze Pause ein, während derer Campbell bloß das schwere Atmen des Detectives hören konnte, welches in regelmäßigen Abständen durch die Leitung drang.
»Ich gebe eine Info an die Kollegen und werde ihnen sagen, dass sie den Mann zu Ihnen bringen sollen. Ich bitte Sie jedoch, mich umgehend über das, was sie in dem Gespräch erfahren, zu unterrichten.«
»Das ist eben die Pflicht, die der Dienst mit sich bringt«, meinte

Campbell, und bezog sich damit eher auf die erste Aussage von Gates.

»Sie werden von mir hören«, fügte er noch hinzu, ehe sie sich voneinander verabschiedeten und das Gespräch beendeten.

Unmittelbar daraufhin legte Campbell sein Telefon wieder auf dem Tisch ab und ließ seinen Blick über die Gesichter seiner beiden Kollegen schweifen. Während in dem von Officer Bailey eine große Menge Skepsis zu lesen war, war der Ausdruck von Darren schon ein wenig interessierter. Der Mann wirkte so, als hätte er sich ebenfalls in den Fall vertieft, obwohl das ja eigentlich nicht zwingend sein Aufgabengebiet war.

»Denkt ihr, die Tatsache, dass sie den Mann lebend gefunden haben, lässt auf ihn als Täter schließen?«, fragte Darren schließlich, nachdem ein paar Sekunden des Schweigens vergangen waren.

»Wir wissen bislang noch nicht, ob wir es hier überhaupt mit einem oder mehreren Mordfällen zu tun haben«, meinte Campbell, und versuchte, die Situation dementsprechend einzuordnen.

Er hatte das zwar nun ausgesprochen, doch das bedeutete nicht zwingend, dass er das auch dachte. *Dass es, außer von Raphael Keller, kein einziges Lebenszeichen gibt, lässt eigentlich nur den Schluss zu, dass wir es mit mehreren Mordfällen zu tun haben. Doch wie sagt man so schön? Ohne Leiche kein Verbrechen.* Dieser Satz konnte im aktuellen Fall definitiv als Leitfaden genutzt werden, und Campbell war auf die Entwicklungen, die die ganze Geschichte noch parat hatte, gespannt. *Das Gespräch mit Raphael Keller kann so verdammt wichtig sein. Ich muss wirklich versuchen, so viel wie möglich aus ihm heraus zu bekommen.* Ja, für ihn stand es bereits fest, dass er bei dem Verhör eine ganz große Auswahl von dem, was er in den vielen Jahren, die er nun bereits im Dienst war, gelernt hatte, nutzen musste. Da es vermutlich noch ein wenig dauern würde, bis die Kollegen den Verdächtigen, den sie auf der Straße aufgepickt hatten, zum Ferienhaus bringen würden, machte er sich daran, die Zeit zu nutzen, in dem er ein paar Stichpunkte niederschrieb.

»Wie würdest du das Gespräch angehen?«

Er war sich zwar nicht wirklich unsicher, wollte sich aber dennoch die Meinung von Bailey einholen, da dessen Erfahrungsschatz mindestens gleichgroß, wenn nicht sogar noch ein Stück größer war.

»Das ist eine gute Frage. Ich fürchte, dass das ziemlich kompliziert werden könnte, da dein Gegenüber vermutlich psychisch instabil ist. Du solltest anfangs nicht mit der Tür ins Haus fallen, sondern eine gewisse Menge Einfühlungsvermögen an den Tag legen.«

Campbell nickte.

»Ich werde das Gespräch auf jeden Fall alleine führen müssen, da die Chance, dass er sich öffnet und gegebenenfalls brisante Dinge erzählt, sonst zu gering ist.«

Die besten Verhöre fanden grundsätzlich zu zweit und auf Augenhöhe statt, das hatte Campbell aus den letzten Jahren gelernt. Er hatte diesbezüglich schon viele Dinge erlebt – vor zwei Jahren hatte ein Mörder nach zahlreichen Versuchen gestanden, und das nur, weil einer der beiden Männer, der bei zuvor jeder Sitzung dabei gewesen war, an besagtem Tage auf dem Stuhl gegenüber von ihm gefehlt hatte. Campbell war es in dem Fall tatsächlich mit ganz viel Mühe und Arbeit gelungen, dem Mann ein Geständnis zu entlocken, welches ihm eine lebenslängliche

Haftstrafe eingebracht hatte. Im späteren Verlauf des damaligen Falles hatte sich herausgestellt, dass sein damaliger Kollege in die gesamte Sache verwickelt gewesen war – was der Mann, der ihnen gegenüber gesessen hatte, die gesamte Zeit über zwar gewusst, aber bewusst verschwiegen hatte. So im Nachhinein betrachtet, war das ein verrückter und einzigartiger Fall gewesen, der ihn lange, ja, eigentlich bis heute, verfolgt hatte – und ein Musterbeispiel für den Beruf des Polizisten, der so vielschichtig war, wie kaum ein anderer.

»Das sehe ich genauso. Wenn es brenzlig werden sollte, solltest du allerdings auf mich zurückgreifen.«

»Es gibt eigentlich keine Anzeichen dafür, dass es brenzlig werden kann. Aber wie du schon sagtest, er ist psychisch instabil, und das kann sich dementsprechend schnell ändern.«

Campbell kam das Ganze durchaus komisch vor. Das Verschwinden der Gruppe war mittlerweile knappe zwei Wochen her, und die Tatsache, dass Raphael Keller, ein Mann, der eigentlich, wie seine Freunde, in der Schweiz wohnte, auf der Straße hier aufgepickt worden war, konnte nichts Gutes verheißen. *Wo hat er die gesamte Zeit über nur gesteckt? Er muss sich in der Nähe aufgehalten haben, denn immerhin hatte er kein Auto mehr, und das Gebirge ist nicht allzu weit entfernt.* Eine der mysteriösen Sachen war eben auch, dass nur einer der beiden Mietwägen gefunden werden konnte – er hatte auf dem Parkplatz der Hütte geparkt, doch das zweite Auto war spurlos verschwunden gewesen. *Es fühlt sich irgendwie so an, als hätte sich der Erdboden aufgetan, und den Rest der Gruppe mitsamt dem Mietwagen einfach so verschluckt.* So verrückt die Theorie auch war, sie war eben die Einzige, die sie hatten, und Campbell hoffte, dass das bevorstehende Gespräch, welches eher wie ein

Verhör anmutete, Aufschluss über das, was passiert sein musste, geben konnte. Um genau für diesen Moment einen freien
Kopf haben zu können, entschied er sich dazu, nochmal etwas
Luft schnappen zu gehen. Das wollte er dieses Mal jedoch nicht
auf der Seite der Veranda machen, sondern in Richtung der
Straße, um seine Kollegen gemeinsam mit Raphael Keller bereits in Empfang zu nehmen, sobald sie das Haus erreichen würden. Er verließ das Wohnzimmer, durchquerte den kleinen Flur,
und ließ seinen Blick dort umherschweifen. Das Tageslicht war
in diesem Bereich nur recht schwach, doch es reichte dazu aus,
dass Campbell etwas ins Auge fiel.

13

Als Raphael am nächsten Morgen die Augen aufschlug, fühlte er sich alles andere als fit. Ein Blick auf sein Handy verriet ihm jedoch, dass es bereits nach zehn Uhr war, weshalb er sich aus dem Bett quälte und sich seine Klamotten anzog. Schon in dem Moment, in dem er seinen ersten Fuß auf den Boden setzte, wusste er, dass der bevorstehende Tag alles andere als gut werden konnte. Der Tatsache zum Trotz, dass er sehr lange geschlafen hatte, fühlte er sich übernächtigt und schlapp, ja, auf eine gewisse Art und Weise antriebslos. *Scheiße. Bin ich wirklich in ein derart tiefes Loch gefallen? Warum?* Es strengte ihn enorm an, auch nur dem Gedanken nachzugehen, sich zum restlichen Teil der Gruppe zu gesellen, die mittlerweile wahrscheinlich schon mit dem Frühstück fertig waren. Dennoch tat er nach einem kurzen Abstecher im Badezimmer genau das, und sah, dass er mit seiner Vermutung recht gehabt hatte. Der Tisch war schon relativ leergeräumt, doch sein Teller war weiterhin aufgedeckt, gemeinsam mit dem nicht mehr ganz gefüllten Brotkorb und ein paar Variationen verschiedenster Aufschnitte.

»Morgen«, sagte er, und versuchte, sich seine negative Stimmung nicht anmerken zu lassen.

Valentina war die erste, die seine Ankunft registrierte. Sie befand sich gerade mit Malea in der Küche und sah ihn aus dem Türrahmen an.

»Hey. Alles klar?«

Raphael nickte, obwohl dem natürlich nicht so war. Er wollte sich um jeden Preis nichts anmerken lassen, da er niemanden mit seiner Stimmung runterziehen wollte. Das war seit jeher das

Credo, an das er sich hielt, weshalb es ihm die meiste Zeit über tatsächlich gut gelang, die richtige Maske aufzusetzen. Heute jedoch, das hatte er im Gefühl, würde ihm das eine große Menge Anstrengung bereiten, weshalb er sich nicht sicher war, ob ihm das im Laufe des Tages auch gelingen würde. *Hoffentlich lässt Noah mich heute in Ruhe.* Von selbigem war jedoch, genau wie von Laurin und Zoe, nichts zu sehen.

»Ja, alles in Ordnung. Ich habe nur nicht so gut geschlafen. Wo sind die anderen drei denn hin?«

»Die Gegend erkunden. Wir wollten dich aber weder aufwecken, noch alleine lassen, weshalb Malea und ich einfach hiergeblieben sind.«

»Das ist nett von euch, aber ihr hättet natürlich auch mitfahren können.«

Er hob seinen Blick, sah beiden kurz in die Augen und rang sich ein Lächeln ab.

»Ich komme schon zurecht.«

Diesen relativ kurzen, aber verdammt aussagekräftigen Satz hatte er in letzter Zeit oft benutzt – und dabei viele verschiedene, unterschiedliche Gefühlslagen verspürt. Mal hatte er damit die Wahrheit gesagt, mal hatte er selbige ein wenig verdreht – und mal komplett gelogen. Seine heutige Stimmung konnte er diesbezüglich noch nicht zu einhundert Prozent einschätzen, aber es bestand durchaus die Chance, dass er damit die Wahrheit sagte.

»Falls das mal nicht so sein sollte, sagst du mir bitte Bescheid, okay?«

Valentina legte eine kurze Pause ein, sprach danach aber unmittelbar weiter, ohne eine Antwort abzuwarten.

»Also, obwohl das Wasser bestimmt kalt ist, hätte ich heute ja

Lust darauf, eine Runde im See zu baden. Kommt ihr mit?«
Raphael überlegte kurz, und meinte dann:
»Wenn du abwarten kannst, bis ich gefrühstückt habe, bin ich dabei.«
»Klingt gut. Und du?«
Sie blickte ihre Freundin an.
»Ich komme mit, schaue euch aber gerne von außen zu. Mir ist gerade nicht so danach, ins kühle Nass zu springen.«
Malea grinste.
»Das klingt dann aber ja auch nach einem Plan. Also, dann würde ich sagen, dass wir in einer Viertelstunde losziehen. Ich ziehe schonmal meinen Bikini an.«
Raphael wurde bei dem Gedanken daran, Valentina leicht bekleidet zu sehen, mit einem Mal ziemlich heiß. Die Tatsache, dass Noah, der sich am gestrigen Tage als sein Widersacher herausgestellt hatte, nicht dabei war, beruhigte ihn schon ein wenig. *Dafür, dass sie noch nicht bereit für etwas Neues ist, macht sie sich zeitweise schon ziemlich an mich ran.* Raphael wusste nicht, ob er die Zeichen richtig deuten konnte, doch er spürte von Valentina aus schon ein gewisses Interesse, und er hoffte, dass er darauf aufbauen können würde. Er konnte sich kaum auf sein Frühstück konzentrieren, da seine Gedanken immer wieder in eine gewisse Richtung abschweiften – nämlich in ihre. Vor seinem inneren Auge malte er sich die schönsten Szenarien im See aus, und er spürte, wie sich bei diesen Gedanken auch etwas in seiner Hose regte, was er in der aktuellen Situation jedoch eher als unangenehm wahrnahm. Er blieb daher noch ein wenig länger als notwendig sitzen, und wartete, bis die Erektion wieder zurückgegangen war. Er fühlte sich zwar weiterhin nicht gut, doch eine gewisse Art von Positivität strömte trotz alledem

durch seinen Körper, und sorgte dafür, dass er sich im Schlaf-zimmer umzog und kurze Zeit später gemeinsam mit Valentina und Malea das Ferienhaus verließ. Heute war es gefühlt ein we-nig wärmer, die Sonne brannte vom wolkenlosen Himmel und sorgte erneut für ein atemberaubendes Panorama. Die Strahlen prallten auf die Wasseroberfläche und wurden in viele verschie-dene Richtungen reflektiert. Am Seeufer angekommen, ließ sich Malea auf der Bank nieder. Valentina und Raphael legten ihre Handtücher ab, ehe sie sich langsam in Richtung des Was-sers wandten. Valentina war Raphael einige Schritte voraus und befand sich bereits bis zu der Hüfte im kühlen Nass. Sie hatte sich ihm zugewandt, und an ihrem Gesichtsausdruck konnte sie sehen, dass das Wasser ziemlich kalt sein musste. Nichtsdesto-trotz blieb sie dauerhaft in Bewegung und ließ sich ein paar Se-kunden später bereits ins Wasser sinken. Raphael befand sich zu dem Zeitpunkt erst bis zu den Knien im See, und hatte das Gefühl, dass er eine Menge Zeit brauchte, ehe er sich an die kal-te Temperatur des Wassers gewöhnt haben würde. Valentina war kurze Zeit später wieder aufgetaucht und musterte ihn mit hochgezogener Augenbraue.

»Worauf wartest du?«

»Darauf, dass das Wasser wärmer wird.«

Raphael rang sich ein Grinsen ab.

»Das geht viel schneller, wenn du einfach untertauchst.«

»Meinst du?«

»Ich habe es selbst probiert.«

»Na gut.«

Ohne noch weiter zu zögern, jedoch nicht ohne ein letztes Mal tief durchzuatmen, durchbrach Raphael ebenfalls die Wasser-oberfläche und ließ sich in Richtung Grund sinken. Er genoss das Gefühl, wie das kalte Wasser seinen Körper umspielte und alles aus ihm herausholte. Er fühlte sich plötzlich wieder vollkommen fit und bereit, blieb allerdings noch ein bisschen unter Wasser, um sich mit großen Zügen voran zu kämpfen. Als er wieder auftauchte, sah er, dass er sich doch einige Meter von Valentina und dem Ufer entfernt hatte, weshalb er diese Distanz zurückschwamm und schon bald wieder stehen konnte.

»Fühlt sich gut an, oder?«, fragte Valentina.

»Sehr kalt, aber eben auch sehr erfrischend«, entgegnete Raphael.

»Ich mags.«

»Ich auch.«

Sie drehte sich von ihm weg und richtete ihren Blick auf Malea, die sie von der Bank aus beobachtete.

»Hey, zieh dich um und komm auch rein. Das Wasser ist wirklich fantastisch!«, schrie sie, woraufhin Malea nur lachte.

»Ich genieße lieber den Ausblick!«

Valentina schüttelte den Kopf und lächelte Raphael an.

»Dann bleiben wir hier wohl alleine.«

»Gibt schlimmeres«, meinte Raphael und lächelte zurück.

Er fühlte sich in diesem Moment zwar erneut nervös, doch die Tatsache, dass sie im Wasser waren, beruhigte ihn zumindest etwas. Er wusste nicht, woran genau das lag, doch er fühlte sich deutlich besser als beispielsweise in dem Moment, in dem er ihr vor zwei Tagen am Ufer seine Gefühle gestanden hatte. Die Situation nun wirkte auch deutlich lockerer, es lag nicht ein einziger Funke von Anspannung in der Luft. Valentina machte kurze Zeit später den nächsten Schritt und rückte so nah an ihn heran, dass ihre Körper nur noch wenige Zentimeter voneinander getrennt waren. Der Kälte des Wassers zum Trotz meinte er, ihre

Körperwärme spüren zu können. Sie schlang kurz darauf ihre Arme um seinen Oberkörper und zog ihn ganz nah an sich heran.

»Es war definitiv die richtige Entscheidung, dass wir dich mitgenommen haben.«

Sie hauchte ihm ihre Worte ins Ohr, und er spürte, wie er eine Gänsehaut bekam, bei der er jedoch nicht so ganz wusste, worauf sie zurückzuführen war.

»Danke.«

»Und das Ferienhaus haben wir uns auch super ausgesucht. Hier herrscht wirklich die pure Idylle. Die Berge, der See... einfach alles.«

Sie legte eine kurze Pause ein, ehe sie weitersprach. Raphael hatte seinen Blick in dem schönen Panorama verloren, weshalb ihre Worte dafür sorgten, dass er relativ schnell wieder in die Realität zurückgeholt worden war.

»Schau mal, die anderen sind auch da!«

Sie deutete in die Ferne, in Richtung der Bank, auf der Malea weiterhin Platz genommen hatte. Zoe winkte ihnen zu, während Laurin und Noah neben ihr standen und sie einfach nur beobachteten. Raphael spürte, wie der Anblick dafür sorgte, dass ihm mulmig wurde. *Ich will Noah doch nicht verärgern, verdammt.* So gut sich dieser Moment mit Valentina auch angefühlt hatte – das alles war nun verschwunden, und das ungute Gefühl trat wieder in den Vordergrund, es war das Gefühl, welches bereits seit dem Aufstehen sein stetiger Begleiter gewesen war. Das zuvor fast angenehm warm gewordene Wasser fühlte sich wieder unangenehm kalt an, weshalb Raphael sich dazu entschied, sich von Valentina zu lösen und in Richtung Ufer zu gehen.

»Möchtest du wirklich schon raus?«

Raphael nickte, jedoch ohne sich zu Valentina umzudrehen.

»Ich komme vielleicht später nochmal rein.«

Je näher er dem Ufer kam, desto stechender fühlten sich die Blicke von Noah an. Er senkte daher den Kopf, da er ihm in diesem Moment nicht in die Augen sehen konnte – und wandte sich stattdessen an Laurin, um Noah gar nicht erst die Möglichkeit zu geben, eine Diskussion zu starten.

»Hey. Wo wart ihr?«

»Wir sind einfach nur ein bisschen durch die Gegend gefahren. Ihr scheint euch im Wasser aber prächtig vergnügt zu haben.«

Das Lächeln, welches sich auf sein Gesicht stahl, spielte auf etwas ganz Bestimmtes an. Raphael wusste in diesem Moment nicht, wie er sich unbeschadet aus der Situation heraus hieven konnte, weshalb er sagte:

»Es war ziemlich kalt.«

»Das kann ich mir vorstellen. Wir sind unterwegs auf einen kleinen Wasserfall gestoßen, und das Wasser von dort schien direkt in den See zu fließen. Es ließ sich jedenfalls gut trinken und schmeckte hervorragend.«

»Habt ihr was mitgebracht?«

»Klar, zwei Flaschen.«

Laurin deutete auf den Mietwagen.

»Sie sind noch im Kofferraum. Wir könnten sie holen, wenn du dich gleich abgetrocknet hast.«

»Die Sonne erledigt das schon.«

Raphael wollte nicht länger in der Nähe von Noah bleiben, weshalb er sich dazu entschied, direkt mit Laurin zum Auto zu gehen und das abgefüllte Gebirgswasser zu holen. Malea reichte ihm dennoch sein Handtuch, welches er dankend entgegennahm und sich um die Hüfte wickelte. Er begann zu frösteln – das lag jedoch nicht nur an der frischen Luft, sondern auch an der Tatsache, dass nun wieder eine große Menge an Anspannung in der Luft lag. Sie wog so schwer, dass sie ihn zu erdrücken schien. Laurin kehrte wieder zum Rest der Gruppe zurück, während Raphael sich dazu entschied, auf direktem Wege zurück ins Haus zu gehen. In den letzten Minuten hatte er leichte Kopfschmerzen bekommen, doch da diese noch erträglich waren, entschied er sich gegen eine Tablette. Stattdessen suchte er das Schlafzimmer auf, zog sich um, hängte seine Badehose zum Trocknen auf und setzte sich auf die Matratze. Durch das gekippte Fenster wehte ein Hauch frische Luft, die jedoch in diesem Moment sein Empfinden nicht verbessern konnte. Er verbrachte die folgenden Minuten einfach nur damit, die Wand anzustarren, bis er irgendwann Schritte auf dem Flur hörte. Diese wurden immer lauter, verharrten kurz vor der Zimmertür, ehe sich selbige ohne ein Klopfgeräusch öffnete. Raphael drehte seinen Kopf, und sah, dass Noah ins Zimmer eintrat. Ohne ein einziges Wort zu verlieren, ließ er sich auf der anderen Matratze nieder und öffnete seinen Rucksack.

»Ich glaube, du hast mir nicht so richtig zugehört, oder?«

Raphael erstarrte bei den Worten, die Noah ihm nun zuwarf. Ohne seinen Blick von seinem geöffneten Rucksack zu nehmen, sprach er weiter.

»Lass die Finger von ihr, verdammt. Sonst kann ich für nichts garantieren.«

Seine Stimme hatte einen bedrohlichen Ton angenommen, und Raphael fühlte sich in diesem Moment mal wieder überfordert. *Verdammt, sie hat sich mir doch regelrecht um den Hals geworfen! Was hätte ich machen sollen, sie von mir stoßen?* Sein Verstand hatte in dem Moment, in dem sich ihre Gesichter im Wasser nur wenige Zentimeter voneinander entfernt befunden hatten, nur auf Sparflamme gearbeitet gehabt. *Warum mussten die anderen auch genau in dem Moment zurückkommen?* Er fand das alles einfach nur ungerecht und einen ungünstigen Zufall. Da er sich jedoch von Noah nichts einfach so an den Kopf werfen wollte, ging er die Konfrontation ein.

»Was kannst du nicht garantieren?«

»Dass ich dir zeige, was ich davon halte, dass du dich an Valentina ranmachst.«

Er zog nun ein Tanktop aus seinem Rucksack, legte ihn wieder auf dem Boden ab und hob seinen Blick. Für einen ziemlich langen Moment sahen sie sich in die Augen, und Raphael meinte, ein Funkeln in denen von Noah zu erkennen.

»Willst du mir etwa drohen?«

»Nenne es, wie du willst.«

Noah zuckte mit den Schultern.

»Ich möchte einfach nicht, dass du sie so bedrängst.«

Bedrängen? Raphael hätte darauf am liebsten sofort etwas an den Kopf geworfen, doch er zwang sich gerade nochmal rechtzeitig dazu, damit noch ein wenig zu warten.

»Warum, zur Hölle, denkst du, dass ich sie bedränge? Ich kann ja wohl nichts dafür, dass sie sich im Wasser so an mich rangemacht hat.«

»An dich?«

Noah lachte auf.

»Ach komm, hör auf. Warum soll sie sich an dich ranmachen? Du bist ein Psychopath, mehr nicht.«

Raphael spürte, wie die Worte seines ehemaligen Freundes etwas in seinem Kopf auslösten. Es war, als hätte sich von der ei-

74

nen auf die andere Sekunde ein imaginärer Schalter umgelegt. Tränen sammelten sich in seinen Augen, und er wusste, dass er kurz vor einem Zusammenbruch stand, weshalb er das Gespräch nicht mehr fortführen konnte. Er erhob sich von der Matratze, riss die Zimmertür auf und knallte sie hinter sich wieder zu. Er brauchte dringend frische Luft, da er das Gefühl hatte, dass sein Kopf sonst platzen würde. Im Flur angekommen, hielt er einen kurzen Moment inne. Er lehnte sich an der Wand an, und ließ sich mit seinem Rücken bis zum Boden sinken. *Ich bin ein Psychopath.* Sein Blick verschwamm, und er verspürte plötzlich eine unfassbare Wut in sich aufsteigen. Ohne, dass er es wollte, formte er seine Hand zu einer Faust, und schlug mit voller Kraft gegen die Holztür des Schrankes. Die Welle des Schmerzes, die seinen Körper daraufhin durchzuckte, war in diesem Moment eine Wohltat.

14

Campbell bewegte sich näher auf die Schranktür zu, ging auf die Knie, und begutachtete eine Stelle, an der sie ein wenig demoliert war. Auf den ersten Blick wirkte es so, als hätte jemand das Holz mit einer Faust bearbeitet – ein kräftiger Schlag hätte dazu bereits ausgereicht. *Ein weiteres Indiz dafür, dass hier definitiv etwas vorgefallen ist. Nur was?* Nachdem er nicht mehr entdecken konnte, wandte er sich wieder ab und begab sich in Richtung der Vordertür. Er trat ins Freie, und nahm auf einem Baumstumpf Platz, der sich auf der anderen Straßenseite befand und den direkten Übergang in den Wald markierte. Von dieser Seite aus konnte er nur das Haus und ein dahinter liegendes Felsmassiv sehen, der See und der Wald waren komplett verdeckt. An der Vorderseite wirkte das Haus nicht mehr ganz so gut in Schuss, an der Oberseite des Dachgiebels konnte er zudem ein Wespennest ausmachen. Ein paar Minuten später hörte er bereits das Surren eines Motors in der Ferne, welches immer näherkam. Kurz darauf konnte er bereits den Polizeiwagen sehen, der auf dem Parkplatz vor dem Ferienhaus parkte. Die Vordertüren öffneten sich, und die beiden angesprochenen, uniformierten Kollegen stiegen aus. Es handelte sich um die Officer Plata und Traylor.

»Hallo, Rick«, begrüßte ihn Officer Gerald Plata und streckte ihm die Hand entgegen.

Traylor war gerade dabei, sich um die Person auf der Rückbank zu kümmern und die Tür zu öffnen – und kurze Zeit später war Raphael Keller bereits ausgestiegen und befand sich direkt vor Officer Campbell. Selbiger musterte den Mann von Kopf bis

Fuß. Das Fahndungsbild war wirklich ziemlich gut gewesen, es sah dem Mann im Nachhinein wie aus dem Gesicht geschnitten aus. Er hatte blonde, kurze Haare, und trug einen Scheitel, der ihm über die Stirn hing. Sein verdrecktes T-Shirt wies darauf hin, dass er vermutlich längere Zeit zu Fuß unterwegs gewesen war. *Vielleicht ist er ja unmittelbar, nachdem er die anderen beseitigt hatte, zu Fuß von dem Ferienhaus geflohen. Wobei das nicht erklären würde, weshalb eben dieser eine Mietwagen bis heute nicht aufzufinden war. Vielleicht hatte er eine Panne, oder gar einen Unfall?* Campbell brannte darauf, Antworten zu bekommen, zwang sich aber zur Ruhe. Mit Aufgeregtheit oder gar Hektik würde er rein gar nichts bewirken können, das A und O war absolute Ruhe und ein komplett durchgeplantes Vorgehen. Den letzteren Teil konnte er dieses Mal jedoch vergessen, die Tatsache, dass dieses Verhör recht spontan entstanden war, hatte eine exakte, großspurige Planung schlichtweg unmöglich gemacht. Officer Traylor ließ Raphael Keller vor sich gehen, jedoch ohne ihm Handschellen oder dergleichen anzulegen. *Richtig so. Noch haben wir rein gar nichts, was seine Schuld beweist.*

»Ich übergebe hiermit Mr. Keller in deine Obhut. Unser Job sollte damit getan sein, oder?«

Campbell nickte. Es erleichterte ihn ungemein, dass Plata von selbst vorschlug, direkt wieder zu verschwinden – er hatte schon gedacht, dass der Mann, der von ihnen allen der Dienstälteste war, die Arbeit hätte übernehmen wollen. Officer Traylor zog den Hut, den er immer aufhatte und der in den letzten Jahren zu seinem Markenzeichen geworden war, und verabschiedete sich, ehe Plata sich ans Steuer setzte und die beiden Polizisten wieder in die Richtung verschwanden, aus der sie gekommen waren. Raphael Keller hatte das Ganze relativ stillschweigend zur Kenntnis genommen und sich an die Wand des Ferienhauses gelehnt, die Arme vor den Körper verschränkt. Auf seinem Gesicht lag ein durch und durch skeptischer Blick.

»Guten Tag, Mr. Keller. Dürfte ich Sie ins Haus bitten? Ich hätte einige Fragen zum Verschwinden Ihrer Freunde.«

»Freunde?«

Raphael verzog den Mund zu einem verabscheuenden Grinsen.

»Das waren nicht meine Freunde. Nicht nach dem, was passiert ist.«

»Was ist denn passiert?«

»Das geht Sie gar nichts an.«

Campbell war von der Direktheit, die der Mann an den Tag legte, überrascht, versuchte jedoch, sich das nicht anmerken zu lassen. *Ich darf ihm zu keiner einzigen Sekunde das Gefühl geben, dass er die Macht über den Verlauf des Gespräches hat.*

»Würden Sie mir dennoch ins Innere folgen?«

»Na gut.«

Campbell ging vor, achtete jedoch darauf, dass Raphael ihm folgte. Gemeinsam durchquerten sie den Flur, ehe sie das Wohnzimmer erreicht hatten, in dem noch immer Darren von der Spurensicherung und Officer Bailey auf der Couch saßen.

Raphael beachtete die Männer nicht weiter, sondern ließ sich von Campbell durch den Raum treiben. Selbiger führte ihn in Richtung der Küche, dort hatte er bei seinem kurzen Rundgang vorhin einen Tisch mit zwei Stühlen ausgemacht, der in diesem Haus der perfekte Platz für ein ruhiges Gespräch zu sein schien. *Oder eben für ein Verhör eines Tatverdächtigen. Wer weiß das schon?* Campbell spürte ein Kribbeln in sich aufsteigen. Die Lösung des Ganzen lag vielleicht so nah, wie noch nie zuvor. In der Küche angekommen, wies Campbell auf einen der zwei Stühle, und wartete, bis Raphael Platz genommen hatte. Der Mann machte auf ihn einen relativ gefassten Eindruck, in seinem Gesicht war kein Anzeichen darauf, dass er nervös war, zu sehen. Er strahlte die Ruhe in Person aus, was Campbell ziemlich verwunderte.

»Möchten Sie etwas trinken?«

»Wasser, bitte. Kalt.«

Da es in dem Haus nichts anderes als Wasser gab, stand eben auch nur das zur Wahl. Campbell öffnete einen der zwei Hängeschränke, holte zwei Gläser heraus und stellte sie auf der Arbeitsplatte ab. Er nahm sich eines davon, und wollte es gerade unter den Wasserhahn halten, als ihm etwas auffiel. Er drehte sich in die Richtung, in der er vermeinte, etwas gesehen zu haben.

»Officer?«

Er vernahm die Stimme von Raphael Keller in seinem Rücken, wollte sich jedoch nicht umdrehen. Erst, als dieser ihn erneut ansprach, tat er das schließlich.

»Haben Sie da etwa eine Glasscherbe entdeckt?«

15

Infolge des Lärms, den seine Faust beim Aufprall auf das Holz erzeugt hatte, waren polternde Schritte zu vernehmen. Raphael zog seine Faust schnell zurück, und versuchte, die Situation wie ein Unfall aussehen zu lassen.

»Ist alles in Ordnung?«

Mal wieder war es Valentina, die zuerst bei ihm war. Sie zog ihn auf die Beine und sah ihn mit einem besorgten Blick im Gesicht an.

»Ich bin ausgerutscht. Der Boden war irgendwie glatt... daraufhin muss ich das Gleichgewicht verloren haben.«

Er hoffte, dass sie seine Ausrede kommentarlos akzeptieren würde, da er keine Lust hatte, sich für seinen kurzen Ausbruch rechtfertigen zu müssen. Und Valentina tat auch genau das, sie schüttelte bloß den Kopf und lächelte.

»Hast du dir wehgetan?«

Raphael schüttelte den Kopf – der Tatsache zum Trotz, dass er das sehr wohl getan hatte. Seine Faust brannte, und es fühlte sich so an, als hätte er sich bei dem Schlag einen seiner Mittelhandknochen gebrochen. Er konnte in diesem Moment nichts sagen, da sich sein Hals wie zugeschnürt anfühlte. *Das müssen wir zumindest wieder so weit beseitigen, dass es nicht auffällt.* Er schämte sich dafür, dass er sich den Bruchteil einer Sekunde lang nicht unter Kontrolle gehabt hatte. *Das darf mir nicht passieren. Verdammt!* Die ganze Sache fühlte sich wie ein großer Rückschritt in seiner Entwicklung an, weshalb er spürte, dass er innerlich zusammensank. Das, was er sich in den letzten Monaten mühsam aufgebaut hatte, die Fassade in seinem Inneren, war einfach so zusammengestürzt. *Da haben die Worte von Noah schon zu ausgereicht.*

»Kommst du kurz mit raus?«, fragte er Valentina, da er den anderen nicht unter die Augen treten wollte.

»Ich muss ganz dringend etwas mit dir besprechen.«

Er hatte sich spontan dazu entschieden, ihr all das zu erzählen, was Noah getan hatte, und er hoffte er einfach nur, dass sie ihm helfen konnte. *Irgendwie stellt sich hier für mich die Frage, wer von uns beiden der Psychopath ist. Erst die Zeichnung, die er mir in den Koffer gelegt hatte, und dann die Tatsache, dass er mich bedroht und beschimpft.* Für Raphael gab es nun keinen Zweifel mehr daran, dass Noah ihm etwas Schlechtes wollte. *Er möchte mich psychisch fertig machen.* Bevor sie schließlich ins Freie traten, hoffte er inständig, dass es ihm gelingen würde, Valentina zu überzeugen, ihm zu helfen – das Interesse, welches sie ihm gegenüber zeigte, war ja nicht von der Hand zu weisen. Er öffnete die Tür, die sie in Richtung der Straße führte. Er hatte diesen Weg gewählt, da er den anderen, die sich vermutlich alle im Wohnzimmer aufhielten, nicht über den Weg hatte laufen wollen.

»Na, dann erzähl mal, was dich belastet.«

Valentinas Stimme klang erneut besorgt und einfühlsam. Sie verhielt sich fast wie eine Therapeutin, und Raphael war ihr dankbar dafür, dass sie es immer wieder schaffte, ihm ein Gefühl der Sicherheit zu vermitteln – so, wie das auch jetzt der Fall war.

»Es geht um Noah. Weißt du... er ist mich eben ziemlich heftig angegangen.«

Raphael schluckte, und versuchte so, wieder etwas Selbstbeherrschung zu gewinnen. Der Knoten um seinen Hals hatte sich gelöst, nachdem sie das Haus verlassen hatten, und auch die Tränen, die sich in seinen Augen angebahnt hatten, waren wieder getrocknet. Was jedoch nicht verschwunden war, war der Schmerz, den seine rechte Hand ausstrahlte – ganz im Gegenteil. Jetzt, wo sein Körper wieder etwas zur Ruhe gekommen war, und das Adrenalin langsam abebbte, spürte er das umso mehr.

»Was hat er gemacht?«

»Er hat mich Psychopath genannt. Weißt du... daraufhin ist einfach alles, was ich in den letzten Monaten gedacht hatte, beiseitegeschoben zu haben, wieder aufgebrochen.«

Er hielt inne und sprach dann weiter.

»In den letzten Tagen konnte ich alles noch recht gut kanalisieren, aber jetzt, wo es zu einer direkten Konfrontation gekommen ist, ist das alles, was ich mir selbst erarbeitet habe, wieder hinüber. Ich weiß nicht, was ich tun soll. Das alles ist passiert, weil wir uns vorhin im See nahegekommen sind.«

»Verdammt.«

Valentina senkte ihren Kopf und brach so den direkten Blickkontakt, der zuvor die gesamte Gesprächszeit über geherrscht hatte, ab.

»Ich hätte nicht gedacht, dass er darauf so heftig reagiert. Hattet ihr nur deswegen diese Auseinandersetzung?«

Raphael nickte. Einerseits fühlte es sich schlecht an, Valentina die Schuld für etwas zuzuschieben, für das sie rein gar nichts konnte, doch das Einzige, was er wollte, war in diesem Moment Verständnis – zusammen mit einem Vorschlag, wie dieses Problem gelöst werden können würde.

»Ich kann ihm nicht mehr unter die Augen treten, ohne Angst zu haben, dass er mich angreift. Er ist fast doppelt so breit wie ich und um einiges kräftiger. Verstehst du mich?«

»Noah ist eigentlich ein herzensguter Mensch.«

Sie legte ihre Hand auf seiner Schulter ab, und er genoss die Wärme, die sie ausstrahlte.

»Ich werde ihn darauf ansprechen, und ihm klarmachen, dass zwischen uns nichts läuft. Ich weiß auch ehrlich gesagt nicht, wie er darauf kommt, dass das anders wäre. Ich habe ihm nie auch nur im Ansatz irgendwelche Zeichen darauf gegeben, dass dem so wäre.«

Sie legte eine kurze Pause ein, hob ihren Blick, und sprach dann weiter. Raphael fühlte sich von ihren glänzenden, haselnussbraunen Augen fast hypnotisiert.

»Und was uns beide betrifft, habe ich dir ja bereits gesagt, dass ich dich mag. Ich bin aber noch immer nicht für eine Beziehung oder dergleichen bereit.«

Raphael war verwundert, dass sie das erneut ansprach. *Das habe ich schon beim ersten Mal verstanden*, dachte er. *Aber warum machst du dich dann im See so an mich ran und fällst mir fast um den Hals?* Er schüttelte innerlich den Kopf, versuchte jedoch, sich nichts anmerken zu lassen. *Ich sollte wohl in den kommenden Tagen erst einmal etwas auf Abstand gehen.* Er wusste nicht, ob das zu einer Verbesserung der Situation beitragen würde, doch da er das bisher noch nicht versucht hatte, stand es zumindest zur Debatte. *Jetzt brauche ich nur noch eine Lösung für das Problem mit Noah. Und zwar eine unmittelbare.* Ihm war in diesem Moment klar, dass er mit seinem ehemaligen, guten Freund unter diesen Voraussetzungen nicht in einem Zimmer schlafen können würde. Und da er sich zu einer Aussprache aufgrund der jüngsten Vorfälle auch nicht bereit fühlte, musste er sich etwas anderes ausdenken – und baute diesbezüglich wieder auf Valentina. *Ich sollte aufhören, sie mit meinen Problemen zuzuschütten. Sie ist nur eine gute Freundin – mehr nicht. Leider.* Das Kribbeln, welches sich auch jetzt wieder, wo sie nebeneinandersaßen, in seinem Bauch breitgemacht hatte, deutete daraufhin, dass er noch immer diese Gefühle für sie verspürte, und er verfluchte sich innerlich dafür. *Liebe. Was ist schon Liebe? Liebe lässt einen schwach werden, auch, wenn sie zu sehr schönen, traumhaften Momenten führen kann.* Diese traumhaften Momente glichen momentan jedoch bloß Albträumen, weshalb er keine andere Wahl hatte, als den Plan, etwas Distanz zwischen sich und Valentina zu bringen, dringend würde umsetzen müssen. Er wusste zwar noch nicht, wie das funktionieren würde, geschweige denn, wie er das anstellen sollte – immerhin hockten sie in dem Ferienhaus aufeinander und es war schwer, sich aus dem Weg zu gehen. Andererseits wollte er ihr dadurch auch keine falschen Zeichen von Desinteresse vermitteln. Er befand sich in einem verdammten Zwiespalt, und hoffte einfach nur, dass es ihm irgendwie gelingen würde, die perfekte Balance innerhalb der Situation zu finden. Sie verbrachten noch ein paar Minuten vor der Tür, während derer Valentina das Thema wechselte, wofür Raphael ihr dankbar war. Als sie wieder ins Innere des Hauses zurückkehrten, fühlte Raphael sich ein wenig besser. Das Problem war zwar nicht gelöst worden, doch er hatte es mit Valentina teilen können – und war gespannt auf das, was nun passieren würde. Gegen Ende des Gespräches hatte sie ihm versprochen, dass sie mit Noah sprechen würde – was sie schließlich auch tat.

»Hast du mal eine Minute, Noah?«

Im Wohnzimmer angekommen, trafen sie auf den Rest der Gruppe. Jeder ging unterschiedlichen Dingen nach, Laurin tippte etwas auf seinem Handy, Zoe las ein Buch, und Malea und Noah schauten sich etwas auf seiner Kamera an. Als Valentina ihn ansprach, verzog sich sein Gesicht etwas. Er hob eine Augenbraue, stand auf, und sagte:

»Klar.«

Valentina deutete mit ihrem Blick in Richtung Veranda, und Raphael ließ sich derweil auf dem nun freien Platz neben Malea nieder.

»Was ist eben passiert?«

»Ich bin im Flur ausgerutscht und unglücklich auf meine rechte Hand gefallen.«

Er versuchte, einen schmerzverzerrten Blick aufzusetzen, um seine Aussage zu unterstreichen. Er stellte jedoch erleichtert fest, dass sich der Schmerz bereits größtenteils verzogen hatte. *Ich scheine mir den Mittelhandknochen nicht gebrochen zu haben. Ein Glück.* Durch die Glastür, die auf die Veranda führte, konnte er sehen, wie Noah und Valentina lebhaft miteinander diskutierten. Verstehen konnte er von dem Gespräch jedoch nichts, bis auf unzusammenhängende Wortfetzen.

»Hast du dich verletzt?«

»Ja, nein, ich meine, es geht schon.«

Er hatte keine Lust mehr, weiter über das Thema zu sprechen, und hoffte, dass die anderen es daher nun gut sein lassen würden. Während Zoe und Laurin weiter ihren Dingen nachgingen und sich scheinbar nicht wirklich dafür interessierten, schickte Malea sich gerade an, etwas zu erwidern, als sich die Verandatür wieder öffnete. Valentina und Noah traten nacheinander ein, und Raphael versuchte, anhand der Mienen der beiden, herauszufinden, wie das Gespräch wohl gelaufen sein konnte. Doch keiner von den beiden gab irgendetwas preis, Valentina wandte sich sogar gänzlich von ihm ab und schien jeglichen Blickkontakt vermeiden zu wollen. So zog sich dann auch der restliche Nachmittag, die Stimmung war nicht mehr so gut wie an den vergangenen Tagen, sondern wirkte auf eine gewisse Art und Weise angespannt. Die Gruppe zerstreute sich relativ schnell innerhalb des Hauses und traf sich erst wieder zum gemeinsamen Kochen, an dem sich Raphael heute jedoch nicht beteiligte. *Die kommenden vier Tage wird sich das Ganze hoffentlich zum Guten wenden. Irgendwie.* Raphael schluckte. Wenn es nach ihm ging, wäre er momentan definitiv lieber wieder zuhause, weshalb er hoffte, dass er die restlichen Tage einfach überstehen würde. *Ich hätte mich auf diesen Trip nicht einlassen dürfen. Vermutlich hatte ich mich selbst ein wenig überschätzt.* Im Nachhinein war man eben immer schlauer, das war ja allgemeinhin bekannt.

»Können wir kurz reden?«

Raphael zuckte zusammen, als er Noahs Stimme hörte. Der Tisch war in der Zwischenzeit längst abgeräumt und der Abwasch erledigt worden.

»Ähm. Ja, meinetwegen.«

Er konnte Noahs Stimmlage nicht deuten und fühlte sich in diesem Moment schlichtweg überfordert.

»Okay, komm mit.«

Schon in dem Moment, in dem er ihm in Richtung der Küche folgte, bereute er seine Entscheidung. Er hatte sich eigentlich geschworen, Noah während des restlichen Aufenthalts im Ferienhaus aus dem Weg zu gehen – es bestand allerdings noch ein kleines bisschen Resthoffnung auf eine Versöhnung, und ebendiese hatte sich durchgesetzt. Noah ließ Raphael zuerst in die geräumige Küche eintreten und schloss hinter sich die Tür.

Die Arbeitsplatte neben dem Herd war fast komplett aufgeräumt, einzig und allein eine Teekanne mit einem Rest Pfefferminztee, den Malea sich am Nachmittag gekocht hatte, befand sich dort. Besteck und Teller waren bereits wieder vollständig in den Schränken verstaut, die einiges an Platz boten. Es dauerte gefühlt länger als eine Minute, bis Noah das Gespräch begann. Er stellte sich direkt vor die Tür, verschränkte die Arme – und versperrte so natürlich auch den Weg nach draußen, was bei Raphael ein mulmiges Gefühl verursachte.

»Ich hatte dir ja bereits unmissverständlich klar gemacht, dass du dich von Valentina fernhalten sollst, oder nicht? Mir erschließt sich nicht so ganz, warum du das einfach nicht machst.«

Jegliche Hoffnungen auf ein vernünftiges Gespräch, ja, sogar auf eine Entschuldigung von Noah, war mit seinen Worten einfach so zerplatzt. Was blieb, war das Unbehagen, und obwohl Raphael eigentlich nicht bereit dazu war, nahm er die Diskussion mit auf und versuchte, sich nicht einfach klein machen zu lassen.

»Warum verstehst du mich nicht, Noah? Bist du wirklich so bescheuert oder tust du nur so?«

Noah zog eine Augenbraue hoch und warf ihm einen skeptischen Blick zu. Mit einer solchen Reaktion schien er nicht gerechnet zu haben, und Raphael spürte, wie sich sein Magen zusammenzog. *Ich sollte aber auch nicht überreagieren*, rief er sich in Gedanken. *Er ist doppelt so kräftig wie ich. In einer möglichen Auseinandersetzung hätte ich keine Chance.* Er ließ seinen Blick auf der Suche nach etwas, was ihm zur Verteidigung nützlich sein könnte, schweifen – doch da war nur die Teekanne auf der Arbeitsplatte. Sie befand sich allerdings immerhin in

Greifweite, dennoch versuchte er, den Gedanken erstmal beiseitezuschieben und alles vernünftig zu lösen.

»Du kannst dir sicher sein, dass ich absolut nichts gemacht habe. Was habt ihr eigentlich miteinander besprochen?«

Ihm kam die Reaktion von Noah im Allgemeinen sehr seltsam vor – sie passte nicht zu dem, was er mit Valentina besprochen hatte. *Entweder, er hat sie völlig missverstanden, oder aber, sie hat ihm etwas ganz anderes erzählt – und die Lage somit anders dargestellt.* Da er Valentina das jedoch nicht zutraute, musste er die Schuld in diesem Fall einfach bei Noah suchen.

»Das geht dich einen Scheißdreck an.«

Noahs Stimme hatte nun einen bedrohlichen Ton angenommen, und die Tatsache, dass er seine Position im Türrahmen aufgab und Raphael immer näherkam, suggerierte selbigem nichts Gutes.

»Überlege dir bitte dringend, wer von uns beiden der Psychopath ist, okay? Du bist nicht ganz dicht im Kopf.«

Raphael spuckte ihm die Worte entgegen und nahm die Teekanne in die Hand, bevor Noah ihn weiter nach hinten und somit außer Reichweite drängen konnte.

»Wer von uns beiden kommt denn mit seinem kranken Kopf nicht klar, hm? War ich in der Klapse oder warst du es?«

Raphael versuchte, sich nicht anmerken zu lassen, dass seine Worte erneut etwas in ihm auslösten. Dieses Mal handelte es sich jedoch nicht um Trauer, nein, es war einzig und allein die pure Wut, die sein ehemaliger Freund in ihm heraufbeschwor.

»Bleib stehen.«

Raphael hob die Teekanne hoch. Noah jedoch schien das gar nicht zu interessieren, er ignorierte ihn komplett und kam immer näher. Als sie sich nur noch wenige Schritte voneinander entfernt befanden, und Raphael den Kühlschrank unmittelbar hinter sich hatte und nicht weiter ausweichen konnte, hob Noah die Faust. Raphael sah daraufhin rot. Er schloss die Augen, holte mit der Teekanne aus... und ließ sie mit seiner gesamten Kraft auf den Kopf von Noah niedersausen, woraufhin die Kanne in unzählige, kleine Scherben zerbrach.

16

»Glauben Sie an Telepathie, Officer?«

Die Stimme von Raphael Keller holte Officer Rick Campbell schließlich wieder in die Realität zurück. Der Anblick der Glasscherbe hatte ihn auf eine magische Art und Weise fast hypnotisiert, und er wusste nicht, worauf das zurückzuführen war. Ohne seinem Gegenüber zu antworten, drehte er sich um, und sah dem Mann ins Gesicht.

»Was ist hier passiert?«

Er versuchte, seine Unsicherheit mit einer festen, sicheren Stimme zu übertönen, merkte jedoch, dass ihm das gehörig misslang.

»Was denken Sie denn?«

Campbell gefiel der Ton, den sein Gegenüber an den Tag legte, überhaupt nicht. *Er darf nicht denken, dass er in irgendeiner Form die Zügel des Gespräches an sich nehmen kann.*

»Um mich geht es hier nicht. Sie stehen unter Mordverdacht, Mr. Keller, und wenn Sie nicht gleich mit der Sprache rausrücken, dann werde ich Sie abführen lassen.«

»Wir wissen beide, dass das gegen Ihre Dienstvorschriften geht, Officer.«

Damit hatte er den Nagel genau auf den Kopf getroffen, weshalb Campbell darauf nichts mehr erwiderte. *Er scheint ein Spiel spielen zu wollen. Aber warum? Das alles würde nur Sinn ergeben, wenn er schuldig wäre. Warum sollte er sich selbst immer tiefer in den Sumpf begeben, wenn er nichts getan hätte?*

»Ich möchte einfach nur von Ihnen erfahren, was passiert ist. Wegen etwas anderem sind wir nicht hier.«

Er versuchte es nun mit einem gemäßigten Ton, für den er sich jedoch ein wenig zusammenreißen musste.

»Ich habe meine Emotionen nicht kontrollieren können und Noah die Teekanne auf den Kopf geschlagen. Das war auch das letzte Mal, dass ich ihn gesehen hatte – bis heute.«

Raphael Keller sprach die Worte und strahlte dabei eine Ruhe aus, die Campbell selten zuvor erlebt hatte.

»Sie haben einen Ihrer Freunde mit einer Teekanne angegriffen?«

Campbell versuchte, den Ausdruck in den Augen von Raphael zu studieren. Doch dort konnte er nichts sehen, nicht eine einzige Regung stand ihm im Gesicht. *Von seiner Mimik her fühlt es sich so an, als würde ich mit einem Toten sprechen. Wahnsinn.* Er hatte noch nie zuvor jemanden erlebt, der seine Emotionen so dermaßen unter Kontrolle hatte.

»Er war kein Freund mehr – immerhin hat er mich erst dazu gebracht, dass ich keinen Ausweg mehr gesehen und zugeschlagen habe.«

»Wie meinen Sie das?«

»Nun, er hat mich angegriffen. Ich musste mich einfach wehren, da er mich enorm in die Enge getrieben hatte.«

»Was ist nach dem Schlag passiert?«

»Wollen Sie gar nicht mehr darüber wissen, warum das Ganze so eskaliert ist? Ich kenne Sie zwar nicht, kann mir aber vorstellen, dass Sie mit diesem Gesprächsverlauf gegen Ihre Prinzipien verstoßen.«

»Wir sind nicht hier, um über meine Prinzipien zu sprechen. Aber Sie können mir auch gerne erzählen, was vorher passiert ist – wenn das irgendeinen Aufschluss darüber gibt, was mit Ihren verschwundenen Freunden passiert ist.«

»Das waren nicht meine Freunde, dessen können Sie sich sicher sein. Oder würden Sie jemanden als Freund bezeichnen, der Sie mehrmals runtermacht, hart beleidigt und dann sogar verletzen möchte?«

Campbell musste sich die Worte von Raphael durch den Kopf gehen lassen, weshalb er nicht direkt antworten konnte. *Er scheint etwas erlebt zu haben, was tiefe Narben in seinem Inneren hinterlassen hat.* Campbell spürte, dass da so viele Dinge waren, die unausgesprochen im Raum standen, und er brannte darauf, das alles zu erfahren. Er wusste allerdings auch, dass er es nicht übertreiben und keinesfalls hektisch werden durfte – denn es konnte sein, dass ein falsches Wort dazu ausreichen könnte, dass das Gespräch mit Raphael Keller auf einen Schlag beendet sein würde.

»Sie wollen mir also erzählen, dass Sie den Schlag aus Notwehr gesetzt haben?«

Raphael nickte.

»Ich würde es eine Mischung aus Notwehr und einem weiteren, emotionalen Zusammenbruch nennen. Unmittelbar darauf fühlte ich mich auch derart schlecht, dass ich mich erst einmal im Zimmer verkrochen habe.«

Raphael legte seine Hände auf seine Oberschenkel und griff in die rechte Tasche seiner dreckigen Jeanshose. Campbell beobachtete ihn dabei genauestens. Er durfte sich keine Unaufmerksamkeit erlauben, da er glaubte, dass sein Gegenüber zu allem fähig war. Als er jedoch wenige Sekunden später sah, was der Mann aus seiner Tasche gezogen hatte, entspannte er sich etwas.

»Das ist der Gegenstand, der mir gezeigt hatte, dass meine „Freunde" ein falsches Spiel mit mir treiben. Sie können sich die Enttäuschung, die ich in diesem Moment erfahren habe, nicht ansatzweise vorstellen.«

17

Noah schrie in Folge des harten Schlages auf und sackte zu Boden. Der Griff der Teekanne, den der Schlag vom Rest abgerissen hatte, hatte sich in seinen Kopf gebohrt und die Haut so weit aufgerissen, dass ihm Blut über die Stirn lief.

»Du Wahnsinniger!«

Raphael öffnete die Tür, stieg über Noah hinweg durch den Türrahmen hindurch und betrat das Wohnzimmer, in dem sich der Rest der Gruppe aufhielt.

»Was ist passiert?«, fragte Valentina und blickte ihn an.

Erneut schaffte er es nicht, den Ausdruck, der in ihren Augen stand, zu deuten, dieses Mal war ihm das jedoch auch egal.

»Er hat mich bedrängt und seine gerechte Strafe bekommen.«

Ohne noch ein weiteres Wort zu verlieren, schritt er in Richtung Schlafzimmer. Er hörte Noah in seinem Rücken vor Schmerz schreien, empfand dabei jedoch absolut kein Mitleid. Erst, als er sich auf seine Matratze gesetzt hatte und das Adrenalin langsam abgeebbt war, spürte er, wie sich das schlechte Gewissen schleichend meldete. *Du hast ihm einfach die Teekanne auf den Kopf geschlagen. Wie konntest du nur zulassen, dass es so krass eskaliert?* Raphael stand erneut auf, schloss die Tür ab und legte sich hin. Das Letzte, was er jetzt wollte, war, von den anderen gestört zu werden. Er brauchte seine Ruhe, um mit sich selbst klarzukommen und das, was er eben getan hatte, zu verarbeiten. *Es war Notwehr gewesen, verdammt. Er hat mich immer weiter bedrängt und hätte irgendwann vermutlich zugeschlagen!* Er konnte sich selbst damit jedoch absolut nicht überzeugen, und spürte, wie er kurze Zeit später Magenkrämpfe bekam, als ihm die Ausmaße dessen, was er getan hatte, klar wurden. Auf dem Flur vor der Tür herrschte eine fast schon gespenstische Stille, in den folgenden Minuten tauchte niemand dort auf, um zu klopfen und sich nach seinem Befinden zu erkunden. Erst, als ihn die Stille langsam wahnsinnig werden ließ, erhob er sich vom Bett und wagte sich langsam in Richtung der Tür. Mittlerweile war bestimmt mehr als eine halbe Stunde vergangen, da er jedoch zu keinem Zeitpunkt auf die Uhr geschaut hatte, konnte er das nicht mit Gewissheit sagen. Er schloss die Tür auf und öffnete sie einen Spalt, um einen Blick auf den Flur zu werfen. *Niemand.* Raphael zögerte, und wagte sich schließlich einen Schritt voraus, als nichts weiter passierte. Er versuchte, sich komplett still zu verhalten und so die Geräusche der anderen herausfiltern zu können – doch da gab es nichts. In fast schon gespenstischer Stille wagte er sich über den Flur in Richtung Treppe, und spürte, wie ihm sein Herz bis zum Hals schlug. Eigentlich hatte er noch überhaupt keine Lust, irgendjemandem von den anderen über den Weg zu laufen – mit Ausnahme von Valentina vielleicht, wobei er sich da nicht so sicher war. *Ich muss mir hier wirklich jeden Schritt überlegen, um nicht in die nächste Konfrontation hineinzulaufen. So habe ich mir das Ganze wirklich nicht vorgestellt.* Am Fuße der Treppe verharrte er kurz, ehe er sich einen Ruck gab und in Richtung Wohnzimmer schritt. Die merkwürdige Stille war weiterhin präsent und sorgte dafür, dass ihm mulmig wurde. Im unteren Teil des Ferienhauses angekommen, suchte er direkt das Wohnzimmer auf. Die Tatsache, dass sich dort niemand befand, ließ ihn endgültig aufhorchen. *Was ist denn hier nur passiert?* Er entschied sich dazu, die Küche aufzusuchen, obwohl er sich dazu überwinden musste. Er spürte, wie sich sein Magen umdrehte, als er das

Chaos erblickte, welches er selbst verursacht hatte. Mit Hilfe von Besen und Kehrblech beseitigte er einen Großteil der Scherben und nahm sich dann einen Moment Zeit, um herunterzukommen. *Sie haben mich wirklich alleine gelassen. Wahrscheinlich haben sie Noah ins Krankenhaus gebracht. Aber direkt alle?* Er überlegte, woraufhin ihm ein Gedanke kam. Er stand auf, verließ das Haus, und vergewisserte sich, ob beide oder nur einer der Mietwägen verschwunden war. *Ein Auto ist noch da – es gibt jedoch nur vier Sitze, was bedeuten muss, dass jemand hiergeblieben ist. Aber wer – und vor allem, wo?* Da er diesbezüglich unbedingt Klarheit brauchte, nahm er sich vor, das Haus gründlich zu durchsuchen. Einerseits fühlte es sich in diesem Moment absolut nicht gut an, alleine zu sein, doch andererseits hatte er so zumindest die Möglichkeit, alles genauestens zu durchdenken. *Sie haben mich einfach zurückgelassen.* Er spürte eine große, innere Leere, die ihn fast verrückt machte. Die Tatsache, dass ihn die Personen, die eigentlich seine Freunde sein sollten, derart im Stich gelassen hatten, schlug ihm extrem auf den Magen. Da er das Gefühl hatte, sich nicht mehr länger auf den Beinen halten zu können, da ihm mit einem mal sehr schwindelig geworden war, setzte er sich im Wohnzimmer auf die Couch, schloss die Augen und atmete tief durch. Als er sie schließlich wieder öffnete, erblickte er etwas auf dem Tisch. *Ist das wirklich Valentinas Handy?* Der Anblick des rosafarbenen iPhones sorgte dafür, dass sein Herz schneller zu schlagen begann. *Hat sie ihr Handy wirklich vergessen? Sie geht doch sonst keinen Meter, ohne das Ding in der Hand zu haben.* Obwohl Raphael sich selbst oft dabei erwischte, wie er sein Handy in der Hand hatte und teilweise sinnlos durch das Internet surfte, verfluchte er die heutige Zeit dafür, dass dies schier Gang und

Gäbe geworden war. *Früher gab es definitiv mehr magische Momente. Durch die ganzen Handys ist man zwar immer miteinander verbunden, fühlt sich manchmal jedoch auch innerlich ausgebrannt. Die sozialen Netzwerke und alles, was damit zu tun hat, kann wirklich sowohl Himmel als auch Hölle sein.* Fast schon gebannt hielt er seinen Blick auf das Handy gerichtet, ehe er es in die Hand nahm. Obwohl er sich schlecht dabei fühlte, konnte er der Versuchung nicht widerstehen, es anzuschalten. Er kannte den Code zum Entsperren nicht, und versuchte es daher mit ihrem Geburtsdatum – was ihm auf Anhieb einen Treffer brachte. Er starrte auf den Bildschirm und fühlte sich jede Sekunde immer nervöser. *Das kann ich nicht machen. Oder?* Er überlegte einen Moment, und wog die verschiedenen Möglichkeiten ab. *Ich werde vermutlich nie aus ihrem Verhalten schlau, wenn ich die Chance jetzt nicht ergreife.* Er vergewisserte sich kurz, dass sich niemand in unmittelbarer Nähe aufhielt, und öffnete den Chatdienst, den sie alle nutzten. Die ersten Namen, die ihm direkt ins Auge sprangen, konnte er nicht zuordnen – bis er irgendwann etwas tiefer auf Laurin stieß. Er konnte ihn nur am Profilbild erkennen, denn Valentina hatte ihn bloß mit XXX eingespeichert. *Was soll das denn?* Die letzte, geschriebene Nachricht war nicht wirklich vielversprechend, weshalb er etwas höher scrollte – und den Verlauf der letzten zwei Wochen zu lesen begann.

18

»Ist das Ihr Telefon?«

Obwohl sich Campbell nicht vorstellen konnte, dass Raphael Keller ein rosafarbenes iPhone besitzen würde, hakte er nach.

»Nein, das gehört Valentina Häfliger.«

Er sprach den Namen absolut emotionslos aus, und Campbell versuchte daher, die Miene seines Gegenübers zu studieren. Doch auch diese passte zu den Worten, er wirkte vollkommen reglos.

»Wie haben Sie es in die Finger bekommen? Haben Sie ihr etwas angetan?«

Raphael zögerte ein wenig, schüttelte daraufhin jedoch den Kopf. Ebenjenes Zögern sorgte dafür, dass Campbell die Reaktion nicht deuten konnte.

»Sie hat es hier liegengelassen, nachdem sie mit den anderen verschwunden ist. Danach habe ich niemanden mehr gesehen – bis auf Malea.«

Der Name, den Raphael nun in den Raum warf, sorgte dafür, dass Campbell hellhörig würde.

»Sie haben vorhin noch erzählt, dass Sie niemanden mehr gesehen haben. Welche Version stimmt denn nun?«

»Sie haben meine Frage von vorhin auch noch nicht beantwortet«, entgegnete Raphael.

»Also, ich frage Sie nochmal: glauben Sie an Telepathie, Officer?«

Campbell überlegte kurz, schüttelte dann jedoch den Kopf.

»Nein.«

»Das sollten Sie aber tun. Denn dann hätten Sie bereits vorher gemerkt, dass an meiner bisherigen Version etwas nicht stimmen kann.«

»Hören Sie auf, Spiele mit mir zu spielen. Ich stelle die Fragen, nicht Sie.«

Campbell konnte seine Emotionen nun nicht mehr kontrollieren und schleuderte Raphael die Worte entgegen. Direkt im nachfolgenden Moment ärgerte er sich darüber, dass er sich nicht hatte zurückhalten können. *Schwäche. Ich zeige damit nichts anderes als Schwäche in seiner reinsten Form.*

»Sie stellen die Fragen, und möchten von mir die Antworten hören. Sehe ich das richtig?«

Es ärgerte Campbell fast noch ein wenig mehr, dass es ihm einfach nicht gelingen konnte, Raphael Keller aus der Reserve zu locken. Sein Gegenüber blieb ganz ruhig und emotionslos. Er gab sich daher für einen kurzen Moment geschlagen und nickte.

»Also gut. Ja, das Handy gehört Valentina. Ich dachte, sie wäre eine gute Freundin, ja, hätte mir sogar gewünscht, dass da mehr zwischen uns wäre – bis ich etwas getan habe, was ich zuvor noch nie in meinem Leben gemacht hatte.«

Campbell spürte, dass er eine Gänsehaut bekam. *Bin ich jetzt etwa drauf und dran, ihm ein Geständnis zu entlocken?* Die folgenden Worte, die Raphael Keller sprach, sorgten allerdings dafür, dass er diesbezüglich enttäuscht wurde.

»Ich habe den Chat zwischen ihr und Laurin gelesen. Warten Sie, Officer, ich zeige Ihnen, was die beiden miteinander geschrieben haben. Vielleicht gelingt es Ihnen dann ja, meine Sicht der Dinge ein wenig zu verstehen – oder aber gar, sich in mich hineinzuversetzen. Wobei das sehr, sehr schwierig sein kann. Telepathie, Telekinese und so – Sie verstehen sicher, was ich meine.«

Obwohl das nicht so war, nickte Campbell, da er unbedingt hören wollte, wie die Geschichte weitergehen würde.

»Zunächst muss ich aber sagen, dass die komplette Situation aus meiner Sicht absolut geisterkrank ist.«

Campbell hob in Anbetracht des Versprechers, den sich Raphael scheinbar bewusst geleistet hatte, die Augenbrauen.

»Sie meinen sicherlich geisteskrank.«

»Reden wir über einen kranken Geist oder über kranke Geister? Ich denke, das Wort geisterkrank ist in diesem Fall deutlich angebrachter.«

Campbell beließ es dabei und zuckte mit den Schultern.

»Wenn Sie meinen. Also, erzählen Sie mir bitte, was Sie durch den Chat erfahren haben... und, wie Sie darauf schlussendlich reagiert haben.«

Er fixierte Raphael mit einem strengen Blick.

»Ich zeige es Ihnen.«

Er versuchte, das Handy anzuschalten, merkte jedoch nach ein paar Sekunden, dass das nicht funktionierte. Campbell hatte damit bereits gerechnet, immerhin hatte der Mann das Handy tagelang mit sich herumgetragen und es nicht aufladen können. Es war somit nur die logische Folge, dass der Akku leer war.

»Verdammt. Haben Sie ein Ladekabel, Officer?«

Das kurze Wort *Verdammt* war das Erste während des gesamten Gesprächs gewesen, in dem Raphael Keller tatsächlich eine Spur von Emotionen gezeigt hatte. Campbell überlegte kurz, schüttelte dann jedoch den Kopf.

»Ich nicht, aber meine Kollegen vielleicht.«

Er hielt einen Moment inne und überlegte kurz, ob er es wagen konnte, den Mann für einen Moment alleine zu lassen – und entschied sich schließlich dagegen. *Er könnte jederzeit durchs*

100

Fenster abhauen und hat während des gesamten Gespräches noch keine schlüssigen Argumente hervorbringen können, die seine Unschuld beweisen. Stattdessen zog er sein Handy hervor, wählte die Nummer von Officer Bailey, der sich gemeinsam mit dem Kollegen von der Spurensicherung noch im Wohnzimmer befand, und wartete darauf, dass die Verbindung aufgebaut wurde. Nach zweimaligem Klingeln wurde das Gespräch von einem hörbar überraschten Douglas Bailey angenommen.

»Ja?«

»Hast du ein iPhone Ladekabel dabei? Irgendwo hier oder im Auto?«

»Ich nicht. Warte mal kurz.«

Er konnte hören, wie Bailey sich am anderen Ende der Leitung mit der Frage an Darren wandte, und sich nur wenige Sekunden später wieder am Hörer befand.

»Darren hat eins dabei. Er bringt es dir in die Küche.«

Campbell spürte, wie er von einer Woge der Erleichterung erfasst wurde. *Es geht tatsächlich mal voran.* Kurze Zeit später hatten sie das Mobiltelefon bereits an das Ladekabel angeschlossen und warteten darauf, dass der tote Akku wieder zum Leben erwachen würde. Da sich Campbell bewusst war, dass das noch einen Moment dauern können würde, und er die Zeit nicht ungenutzt verstreichen lassen wollte, nahm er wieder das Wort an sich.

»Sie haben das Recht auf einen Anwalt, wenn Sie das möchten«, sagte er einfach so, und erhoffte sich nun etwas in der Reaktion von Raphael Keller.

»Wozu sollte ich einen Anwalt brauchen? Ich habe nichts zu verbergen, Officer. Denken Sie wirklich, ich würde die Morde an meinen Freunden, wenn ich sie denn begangen haben sollte, leugnen?«

Campbell überraschte es, dass Raphael nun wieder über seine „Freunde" sprach, obwohl sie das ja eigentlich scheinbar nicht gewesen waren – zumindest nicht nach dem, was er durch den Chat erfahren haben musste. Er hoffte diesbezüglich auf Klarheit, und ließ seinen Blick immer wieder in Richtung des schwarzen Bildschirms abschweifen. Ein paar Sekunden später fuhr das Gerät schließlich von alleine hoch. Campbell beobachtete Raphael dabei, wie dieser das iPhone entsperrte und den Chatdienst, der sich direkt auf der ersten Seite befand, öffnete. Seine Finger zuckten wild über den Bildschirm, und es war ihm definitiv anzumerken, dass er nervös war. Campbell beruhigte das allerdings fast ein wenig, und es fühlte sich für ihn so an, als würde er langsam wieder die Kontrolle über das Gespräch auf seine Seite ziehen.

»Hier, lesen Sie sich den Chatverlauf der letzten zwei Wochen sorgsam durch.«

Raphael reichte ihm das Handy, drehte sich selbst jedoch weg. Offenbar hatte er keine Lust, das Ganze erneut lesen zu müssen. Er verschränkte die Arme vor der Brust, während er sich auf dem Stuhl zurücklehnte. Campbell nahm das Mobiltelefon entgegen, legte es auf dem Tisch ab – und begann, das zu lesen, was sich die beiden vermissten Personen, Valentina Häfliger und Laurin Wiss, geschrieben hatten.

19

11. Juni 2018:

Valentina: Hey, tut mir leid, dass ich es vorhin nicht mehr geschafft habe. Wollen wir eben kurz telefonieren?

Laurin: Alles gut, ist doch kein Problem. Telefonieren kann ich jetzt nicht, ich muss gleich noch Zoe abholen. Lass uns das auf morgen verschieben, okay?

Valentina: Okay, dann schreiben wir morgen. Bin da zwar mit Malea unterwegs, aber das kriegen wir schon hin. Haben dann eine lange Zugfahrt vor uns. Bis morgen!

Laurin: Bis morgen.

12. Juni 2018

Laurin: Hey. Ich habe in der letzten Nacht wirklich kein Auge zu bekommen, und ich hoffe, dass du mir helfen kannst. Mich zerreißt das Ganze so dermaßen, dass es für mich nicht mehr tragbar ist. Ich kann nicht mehr.

Valentina: Hey. Oh, das klingt ganz und gar nicht gut. Bin jetzt im Zug, wir können daher schreiben, aber nicht telefonieren. Malea sollte nichts davon mitbekommen.

Laurin: Danke dir, wirklich. Ich hatte dir ja letztens schon erzählt, dass ich irgendwie keinen Weg mehr aus der Sache heraus weiß. Ich kann den Ansprüchen, die meine Eltern mir stellen, einfach nicht mehr nachkommen.

Valentina: Hast du eine Idee, was du dagegen machen kannst?

Laurin: Nein, nicht wirklich, wobei... vielleicht. Aber dafür bin ich auf dich angewiesen.

Valentina: Auf mich? Schieß los.

Laurin: Ja, denn du bist die Einzige, die um meine Situation Bescheid weiß. Ich hasse mich selbst dafür, dass ich dich da immer tiefer reinziehen muss, doch ich schaffe es einfach nicht, selber einen Ausweg zu finden. Du weißt ja, dass ich die Sache mit Zoe einfach nicht durchziehen kann, jedoch auch nicht die Kraft habe, ihr das ins Gesicht zu sagen. Der Termin für die Hochzeit steht, doch ich muss vorher definitiv die Reißleine ziehen.

Valentina: Was schwebt dir da vor?

Laurin: Es geht mir um unseren geplanten Trip in die Berge. Wie du weißt, nehmen wir ja auch Raphael mit. Ihn brauche ich über Umwege auch für meinen Plan... denn ich denke, dass er weiterhin psychisch ziemlich instabil sein wird.

Valentina: Raphael? Puh. Der hängt schon seit Jahren wie eine Klette an mir, wenn wir uns sehen. Ich glaube, dass er auf mich steht.

Laurin: Damit triffst du genau ins Schwarze. Jeder Blinde sieht, dass er ein Auge auf dich geworfen hat – was übrigens auch auf Noah zutrifft.

Valentina: Noah? Oh Gott. Immer, wenn man denkt, dass es nicht schlimmer kommen kann, dann passiert genau das. Wie kommst du denn darauf?

Laurin: Du weißt doch, dass eine meiner Stärken ist, tiefgründige Gespräche zu führen. Genau das habe ich mit ihm getan, und er hat es mir dann erzählt.

Valentina: Verdammt. Jetzt verrate mir aber bitte, was das alles mit deinem Plan zu tun hat.

Laurin: Du musst es irgendwie schaffen, Unruhe in die Gruppe zu bringen. Du weißt ja, dass Raphael und Noah seit Jahren miteinander befreundet sind – wenn allerdings ein Konflikt zwischen den beiden entbrennt und da richtig die Fetzen fliegen, dann könnte es eventuell so weit kommen, dass Raphael die Fassung verliert. Genau das möchte ich provozieren, verstehst du das?

Valentina: Nicht so ganz.

Valentina: Sorry, Malea hat mich gerade unterbrochen. Was erhoffst du dir davon?

Laurin: Er ist in meinen Augen ein unberechenbarer Psychopath, ja, fast ein Vulkan, der jederzeit wieder ausbrechen kann.

Und er eignet sich eben deswegen hervorragend für meine Pläne.

Valentina: Ich soll also Zwietracht zwischen Noah und Raphael säen, indem ich mich beiden an den Hals schmeiße? Oder wie stellst du dir das genau vor?

Laurin: Du musst dich nicht beiden um den Hals schmeißen, es reicht, wenn du dich Raphael annäherst. Noah handelt manchmal ziemlich impulsiv und wird schnell mal sauer – ich kann mir vorstellen, dass das in diesem Fall auch so sein könnte. Er möchte dich für sich allein.

Valentina: Ich weiß wirklich nicht, ob ich das durchziehen kann, Laurin. Was, wenn der Plan fehlschlägt?

Laurin: Mir ist das Ganze wirklich sehr wichtig. Wenn du deine Rolle gut durchziehst, bin ich bereit dazu, dir 10.000 CHF zu geben.

Valentina: 10.000? Du bist doch wahnsinnig.

Laurin: Steht der Deal?

Valentina: Auf jeden Fall.

12. Juni 2018

Laurin: Hey, super, dass wir uns einigen konnten. Ich hoffe, mein Plan funktioniert. Können wir uns heute kurz treffen? Der

Trip startet ja schon bald, und ich finde, wir müssen noch ein paar Dinge klären.

Valentina: Lass uns darüber schreiben, ich schaffe es in den nächsten Tagen einfach zeitlich nicht.

Laurin: Okay, das geht auch. Also, wir müssen uns darauf einigen, dass wir, während des Urlaubs, kaum bis gar nicht miteinander interagieren. Ich möchte nicht, dass irgendjemand Verdacht schöpft.

Valentina: Okay, wir haben ja so weit alles besprochen. Eine Sache würde ich allerdings noch gerne von dir wissen – was hat das Ganze mit deinem Ziel, Zoe loszuwerden, zu tun?

Laurin: Ich möchte einen Streit zwischen uns provozieren, der schließlich dafür sorgt, dass sie mich verlässt. Ich selbst bin dazu einfach nicht in der Lage, und habe so immerhin noch ein bisschen mehr Zeit, mein wahres Ich unter Verschluss zu halten. Ich möchte das gar nicht weiter ausführen, wir haben ja oft genug darüber gesprochen und geschrieben.

Valentina: Du möchtest dich also, wenn die Fetzen zwischen Raphael und Noah fliegen, auf eine der beiden Seiten schlagen?

Laurin: Ganz genau. Ich weiß natürlich von ihr, wie sie über Raphael denkt, und kenne auch ihre Bedenken in Bezug darauf, ihn auf die Reise mitzunehmen. Wenn es zu einer Diskussion kommen sollte, schlage ich mich auf seine Seite, denn ich weiß jetzt schon, dass sie diese Meinung nicht teilen wird.

Valentina: Ich sichere dir auf jeden Fall meine Unterstützung zu. Wir sollten beide versuchen, möglichst viel Öl ins Feuer zu gießen, damit das Ganze schnell vonstattengeht.

Laurin: Das sehe ich genauso.

22. Juni 2018

Laurin: Hey, wir sind in circa zwanzig Minuten wieder bei euch in der Hütte. Jetzt wäre der perfekte Zeitpunkt dazu, die Situation ein wenig eskalieren zu lassen, oder was meinst du?

Valentina: Guter Plan. Ich werde versuchen, ihn davon zu überzeugen, eine Runde mit mir im See zu baden, und mich dann so offensichtlich an ihn heran machen, dass Noah gar keine andere Wahl hat, als auszurasten. Vertrau mir, ich habe ein gutes Gefühl.

Laurin: Das klingt fantastisch. Bis gleich!

20

Fassungslos ließ Raphael das Handy sinken und hob seinen Blick. Ohne, dass er es gemerkt hatte, hatten sich Tränen in seinen Augen gebildet, die er jetzt nicht mehr so einfach wegblinzeln konnte. Die Nachrichten, ja, der Chatverlauf zwischen Valentina und Laurin, hatte ihn dermaßen aus der Bahn geworfen, dass er nicht fähig dazu war, einen klaren Kopf zu bekommen. Er vernahm plötzlich Geräusche direkt hinter sich, und drehte sich daraufhin um.

»Was machst du da?«

Die Stimme von Malea klang nicht, so wie sonst immer, freundlich - nein, es war herauszuhören, dass sie Angst hatte, ein Umstand, der Raphael verwirrte. *Okay, sie hat bestimmt mitbekommen, dass ich Noah die Teekanne auf den Kopf geschlagen habe - aber sie kennt die Gründe eben auch nicht.*

»Ähm…«

Erst jetzt, wo ihre Worte die Stille durchdrungen hatten, fiel ihm auf, dass er ja noch immer Valentinas Handy in der Hand hatte. Er legte es daher auf dem Tisch ab und stand auf.

»Bleib bitte weg von mir.«

Ihre Stimme zitterte, obwohl sie versuchte, das zu überdecken.

»Malea, was ist denn los?«

»Du hast Noah angegriffen.«

»Ja, weil er mich bedrängt hat. Mit dem Schlag habe ich einzig und allein mich selbst schützen wollen!«

»Sie sind direkt mit ihm ins Krankenhaus gefahren!«, schrie Malea.

»Und meinten zu mir, dass ich die Polizei rufen sollte, weil du in unseren Augen eine Gefahr bist.«

»Eine Gefahr? Verdammt, Malea, du kennst mich doch!«

»Du bist gemeingefährlich.«

Raphael konnte ihr direkt ansehen, dass es in diesem Moment keinen Sinn ergeben würde, mit ihr zu diskutieren. Auf eine Auseinandersetzung mit der Polizei hatte er allerdings auch keine Lust - aus dem einfachen Grunde, dass man Malea natürlich viel eher glauben würde, als ihm. *Ich muss es wohl leider ausnutzen, dass sie Angst vor mir hat.* Es fühlte sich nicht gut an, doch er wusste, dass er keine andere Wahl hatte, wenn er nicht wegen Körperverletzung, die er im Affekt begangen hatte, angezeigt werden wollte.

»Gib mir dein Handy.«

Er versuchte, einen möglichst fordernden Unterton in seine Stimme zu legen, und stand sogar vom Sofa auf, um seine Aussage zu unterstreichen.

»Nein.«

Malea wich ein paar Schritte zurück, so weit, bis sich die Wand mit der Tür, die in den Keller führte, direkt in ihrem Rücken befand.

»Dann lege es weg, verdammt! Weißt du, wie übel Laurin und Valentina mir mitgespielt haben? Ich habe das alles herausgefunden, weil ich den Chat zwischen ihnen gelesen habe.«

»Es sind immer die anderen, richtig? Vergiss es einfach, Raphael.«

»Komm, lies es dir doch selbst durch, wenn du mir nicht glaubst.«

Raphael entschied sich für einen ruhigeren Ton, der jedoch seine Wirkung irgendwie weiterhin verfehlte.

»Ich lese mir gar nichts durch. Bleib wo du bist, ich rufe jetzt die Polizei.«

Die Tatsache, dass sie sich weiterhin für seine Worte sperrte und ihm nicht mal die geringste Chance gab, sich zu erklären, sorgte dafür, dass sich erneut ein Schalter in seinem Kopf umlegte. *Wenn ich nicht wegen Körperverletzung verhaftet werden möchte, muss ich etwas machen. Jetzt.* Alles in ihm begann, zu kribbeln. Adrenalin schoss durch seine Adern, und ihm wurde plötzlich so schummrig, dass sogar seine Sicht verschwamm - was dieses Mal nicht zwingend ausschließlich an den Tränen lag, die ihm in den Augen aufgestiegen waren. Er wagte sich ein paar Schritte auf Malea zu und griff nach ihrer rechten Hand, der, in der sie ihr Handy hielt.

»Lass los.«

Malea presste ihren Rücken gegen die Wand und stieß ein leises Wimmern aus.

»Du tust mir weh.«

Raphael lockerte seinen Griff daraufhin etwas. Es war beileibe nicht sein Ziel, ihr Schmerzen zuzufügen, ganz im Gegenteil - doch er hatte eben nicht das Gefühl, dass seine Worte bei ihr ankommen würden.

»Das möchte ich nicht, und das weißt du auch.«

Er löste seinen Griff nun komplett von ihrem Handgelenk und wich sogar zwei Schritte von ihr.

»Ich habe keine andere Wahl. Du hast Noah krankenhausreif geschlagen.«

Ihre Hände zitterten, während sie ihr Handy entsperrte. *Warum, zur Hölle, muss das Leben so ungerecht sein?*

»Dann habe ich auch keine andere Wahl, Malea. Es tut mir leid.«

Er ging die zwei Schritte, die er sich zuvor von ihr gelöst hatte, wieder nach vorne und hatte es dieses Mal nicht auf ihr Handgelenk abgesehen, sondern direkt auf das Handy. Mit einem schnellen Griff gelang es ihm, ihr das Gerät zu entwenden.

»Gib es mir wieder her!«

Malea versuchte es mit einem starken Ton, konnte jedoch damit auch nicht ihre zitternde Stimme überdecken.

»Kommt gar nicht in Frage.«

Raphael ließ seinen Blick auf der Suche nach einer Möglichkeit, sie fürs erste loszuwerden, schweifen - und stieß auf die Kellertür. Malea befand sich nur noch wenige Zentimeter von selbiger entfernt, weshalb er sie weiter in die Richtung drängte und die Tür mit seiner rechten Hand öffnete. Da sich die Treppe unmittelbar in ihrem Rücken befand, wollte er sie nicht schubsen - denn er hatte weiterhin nicht die Intention, sie zu verletzen. Er wusste nur, dass er für sein weiteres Vorgehen Ruhe benötigen würde, und diese würde er nur bekommen, wenn er sie loswerden würde. Es gelang ihm, sie so weit zurückzudrängen, dass er die Kellertür vor ihr zumachen und verschließen konnte.

»Raphael?«

Maleas Stimme klang zunächst verwundert. Kurze Zeit später begann sie schließlich damit, erst zögernd, und dann immer fordernder gegen die Tür zu klopfen.

»Lass mich raus!«

»Das kann ich nicht, weil du dann direkt die Polizei rufst. Ich bin unschuldig, verdammt!«

»Lass mich raus!«

Da ihm das Klopfen schon nach weniger Zeit auf die Nerven ging und er die Geräusche einfach nicht ertragen konnte, verließ er das Wohnzimmer. Malea schien das offenbar direkt mitzubekommen, da sie kurze Zeit später eine Pause einlegte.

112

»Du kannst doch jetzt nicht gehen!«

»Ich muss. Ich lasse dich wieder raus… später.«

Da ihm in diesem Moment die Kraft dazu fehlte, etwas weiteres zu sagen, ließ er es einfach sein. Es fühlte sich nicht richtig an, Malea im Keller eingesperrt zu lassen, doch da er sich diesbezüglich in einer gottverdammten Zwickmühle befand, musste er das einfach akzeptieren, und hoffte, obwohl das vermutlich vergebens war, auch, dass Malea das tun würde. Er suchte schließlich erneut das Schlafzimmer auf, den Ort, an dem es ihm gelungen war, nach der Auseinandersetzung mit Noah zumindest etwas herunterzukommen. Die Stille, die jetzt erneut einsetzte und die erst der Hauptgrund gewesen war, weshalb er das Wohnzimmer aufgesucht hatte, machte ihn fast wahnsinnig. Er glaubte sogar, das Blut durch seine Adern rauschen zu hören und seinen Herzschlag in seinem Ohr zu spüren. Letzten Endes war all das jedoch vermutlich Einbildung, und auf seine Nervosität zurückzuführen. Er schaffte es nicht, richtig abzuschalten, stattdessen hatten sich kurze Zeit später noch Kopfschmerzen dazu gesellt. *Was nun?* Die aktuelle Situation war definitiv alles andere als ein Dauerzustand, er konnte Malea nicht auf ewig im Keller eingesperrt lassen und darauf warten, dass die anderen zurückkehren würden. Vielmehr musste er selbst aktiv werden - doch wie? Er versuchte, intensiv zu überlegen, und alles in Betracht zu ziehen. *Eine Möglichkeit wäre, nochmal den Dialog mit Malea zu suchen, obwohl ich es da vermutlich mit der Aktion, sie im Keller einzusperren, komplett verkackt habe. Ansonsten könnte ich noch versuchen, den anderen hinterherzufahren, es gibt immerhin nur ein Krankenhaus in der Nähe, in dem sie sich aufhalten könnten.* Er wog diese Möglichkeit kurz ab, entschied sich dann jedoch dagegen. *In meinem Zustand sollte ich mich nicht hinters Steuer setzen. Das kann nur böse enden. Noch dazu habe ich meinen Führerschein noch nicht wieder zurück.* Er öffnete das Fenster, weil es ihm im Anbetracht der aktuellen Lage am besten erschien, sich eine gehörige Menge frische Luft zu verschaffen. Es dauerte ein paar Minuten, bis er schließlich aufstand, und eine Entscheidung darüber, wie er weiter vorgehen würde, getroffen hatte.

21

Die Informationen, die durch den Chatverlauf auf ihn einprasselten, waren in diesem Moment einfach zu viele, um sie sorgsam verarbeiten zu können. *Das Ganze liest sich ziemlich merkwürdig. Hat dieser Text etwa den entscheidenden Schalter im Kopf von Raphael Keller umgelegt?* Obwohl der Mann das verneinte, zog Campbell immer noch in Betracht, dass er die Morde begangen haben konnte. *Er ist höchstwahrscheinlich der einzige Überlebende – zumindest der Einzige, den wir bisher gefunden haben.* Campbell zermarterte sich den Kopf. Da er jedoch im Moment nicht weiterkam, und ihm die Stille auch ein wenig aufs Gemüt schlug, sagte er:

»Sie haben vorhin von Telepathie und Telekinese gesprochen. Erzählen Sie mir bitte, was Sie damit genau gemeint haben.«

Sein Gegenüber zog eine Augenbraue hoch. Es war ihm deutlich anzusehen, dass er mit einer solchen Frage nicht gerechnet hatte, eben, weil das Thema schon ein paar Minuten zurück lag. Ohne das Handy, welches Campbell nach dem Lesen des Chatverlaufes wieder ausgeschaltet und an das Ladekabel angeschlossen hatte, anzusehen, sagte er:

»Daran haben Sie nun doch Interesse?«

Campbell beschloss, sich dieses Mal auf das Spiel des Mannes einzulassen, und nickte daher. Das tat er allerdings auch nur, weil er langsam Risse in der Fassade seines Gesprächspartners bemerkte, und diesen Umstand unbedingt ausnutzen wollte.

»Okay, dann muss ich Ihnen aber zuerst eine Frage stellen. Zweifeln Sie an meiner bisherigen Version?«

Campbell wollte dem Mann gegenüber nicht unehrlich sein,

weshalb er sich einen Moment Zeit ließ, ehe er antwortete.

»Mr. Keller. Wir wissen beide, dass es von allen vermissten Personen nicht den Hauch einer Spur gibt – bis auf Sie. Verstehen Sie mich nicht falsch, aber es liegt einfach nah, dass Sie damit etwas zu tun haben. Sie sind der einzige Anhaltspunkt der laufenden Ermittlungen.«

»Dann tut es mir leid, Officer, aber wir sollten das Thema besser wechseln. Geben Sie mir Bescheid, sobald sich Ihre Denkweise verändert hat.«

Campbell wusste mit der Aussage nicht wirklich etwas anzufangen, weshalb er sich nichts weiter dachte – und das Thema wechselte.

»Was ist mit Malea Brunner passiert? Sie haben erzählt, dass Sie sie im Keller eingesperrt haben. Wie ging die Geschichte weiter?«

»Ich habe nichts mehr von ihr gesehen.«

Die Worte von Raphael Keller klangen relativ emotionslos und kühl.

»Waren Sie denn daraufhin im Keller?«

»Ja, und ich wünschte mir, dass ich es nicht getan hätte. Denn wissen Sie... da unten lauert etwas grauenvolles.«

»Wie meinen Sie das?«

»Na, so, wie ich das sage. Ich hätte den Keller nie im Leben betreten dürfen. Diese Bilder werde ich nie wieder los.«

Campbell sagte zunächst nichts, sondern versuchte, über das nachzudenken, was er im Vornherein von der Spurensicherung über das Ferienhaus gehört hatte. *In den Berichten war zu keinem Zeitpunkt explizit der Keller erwähnt worden. Deshalb habe ich den vermutlich bisher nicht aufgesucht.*

»Was befindet sich dort unten?«

»Ich möchte nicht darüber reden.«

Campbell wurde nach diesen Worten hellhörig. Raphael Keller hatte kurz darauf bereits die Arme vor seiner Brust verschränkt und eine abwehrende Haltung eingenommen.

»Hat es etwas mit dem Fall zu tun?«

»Das weiß ich nicht. Möglich wäre es aber.«

»Dann muss ich mir das Ganze mal ansehen.«

Campbell wollte bereits aufstehen, verharrte jedoch, weil Raphael die Hand erhob.

»Ich würde es Ihnen wirklich nicht empfehlen.«

»Ich gehe ja nicht alleine. Sie und meine beiden Kollegen kommen mit.«

»Nein.«

Raphaels Stimme nahm nun fast einen panischen Unterton an.

»Ich komme nicht mit.«

»Warum denn nicht?«

Campbell konnte nun nicht mehr ruhig bleiben, und ärgerte sich direkt, nachdem er die Worte ausgesprochen hatte, dass er erneut die Stimme erhoben hatte. *Zeig keine Emotionen, verdammt. Das, was er sagt, ist nur wichtig, wenn es uns auf die richtige Spur führt.*

»Weil ich es nicht kann, Officer. Ich glaube, wenn ich erneut in den Keller gehe, erleide ich einen weiteren psychischen Zusammenbruch. Und das würde niemandem weiterhelfen.«

»Warten Sie hier, ich bin gleich wieder da.«

Campbell ließ seinen Blick kurz durch die Küche schweifen, und kontrollierte, ob in irgendeiner Form die Gefahr bestehen würde, dass Raphael fliehen konnte. Einzig und allein das Fenster stellte eine solche dar, doch da er sich absolut nicht vorstellen konnte, dass der Mann derart schnell handeln würde, drehte er ihm kurz den Rücken zu und ging auf den Türrahmen zu.

»Douglas? Kommst du mal bitte?«

Er hoffte, dass seine Worte im Wohnzimmer ankommen würden, und erhielt kurz darauf Bestätigung durch langsam näher kommende Schritte. Als sein Kollege schließlich vor ihm auftauchte, konnte er direkt den interessierten Ausdruck, der ihm im Gesicht stand, lesen.

»Was ist denn? Hast du ein Geständnis bekommen?«

»Leider nicht. Ich würde mir gerne mal den Keller anschauen – den Worten von Raphael Keller nach zu urteilen, befindet sich dort unten jedoch etwas ziemlich Grauenvolles. Mehr wollte er dazu nicht sagen, er sträubt sich allerdings aus diesen Gründen absolut dagegen, den Keller zu betreten. Ich denke, wir beide sollten das tun. Kannst du Darren kurz Bescheid geben, dass er in der Küche Platz nehmen und ein Auge auf ihn werfen soll?«

»Ich übernehme das. Darren ist von der Spurensicherung und sollte dir sicherlich hilfreicher dabei sein, den Keller zu erkunden – wenn es dort überhaupt etwas geben sollte. Zudem war er mit seinen Kollegen ja schonmal dort unten.«

»Das wissen wir nicht genau. Im Bericht wurde davon gar nichts erwähnt.«

»Du weißt aber doch, dass die Spurensicherung sehr gründlich vorgeht.«

Bailey öffnete die Tür zur Küche, die Campbell zuvor geschlossen hatte. Er hatte eigentlich vermeiden wollen, dass Raphael Keller etwas von ihrem Gespräch mitbekommen würde, doch da das Holz nur sehr dünn war und sie nicht besonders leise gesprochen hatten, war das vermutlich fehlgeschlagen.

»Ich übernehme jetzt. Du kannst ins Wohnzimmer.«

Campbell fühlte sich etwas Unwohl dabei, die Sache zumindest für den Moment an Bailey zu übergeben, doch er wusste, dass er aus der Situation jetzt nicht mehr herauskommen würde. Er zuckte daher mit den Schultern, wandte sich ab, und hörte, wie die Tür hinter ihm ins Schloss fiel. Im Wohnzimmer angekommen, wandte er sich direkt an den Mann von der Spurensicherung, der etwas gelangweilt auf der Couch saß und sein Handy in der Hand hielt.

»Wie gründlich habt ihr euch bei der Sicherung der Spuren den Keller vorgenommen?«

Darren hob seinen Blick und zog eine Augenbraue hoch.

»Wieso möchtest du das wissen?«

Campbell fiel auf, dass der Mann zum Du übergangen war – ein Umstand, der ihn zwar keineswegs störte, ihn jedoch schon in diesem Moment etwas stutzig machte.

»Weil das eventuell unsere einzige Möglichkeit sein kann, den Fall zu lösen.«

»Inwiefern? Den Keller haben wir zwar durchsucht, jedoch nicht komplett. Es gab keine Anzeichen dafür, dass wir dort etwas finden würden, was uns den entscheidenden Durchbruch bringt.«

»Wir müssen ihn uns erneut anschauen. Los, komm mit.«

Campbell hoffte, dass Darren ihm folgen würde, und wagte sich auf die Kellertür zu. Die weiße Farbe war an einigen Stellen bereits abgeblättert und es schimmerte das braune Holz des Türblattes durch.

»Ich verstehe nicht ganz, was das bringen soll.«

Bevor Campbell die Tür öffnete, drehte er sich um.

»Es kann sein, dass sich dort unten etwas befindet, was uns bei der Lösung des Falls weiterbringt. Was genau das sein soll, weiß ich allerdings noch nicht – das Einzige, was ich weiß, ist die Tatsache, dass Raphael Keller sich um alles in der Welt weigert, den Keller zu betreten, und auf Teufel komm raus nicht erzählen möchte, was sich dort unten befindet.«

»Okay. Wir haben eigentlich alles genauestens durchgeschaut, bis auf einen Raum, der verschlossen war. Zum Zeitpunkt der Spurensicherung hatten wir damit gerechnet, dass diese Tür nach draußen führt – doch als ich später nochmal darüber nachgedacht hatte, kam ich zu dem Schluss, dass das nicht sein kann. Es müsste sich um einen Zwischenraum handeln.«

Campbell war über die Antwort, die ihm der Mann lieferte, mehr als bloß verwundert, versuchte jedoch, sich das nicht so deutlich anmerken zu lassen. *Sollte die Spurensicherung nicht eigentlich jede einzelne Teppichfluse umdrehen, um zu schauen, ob sich darunter nicht Mikropartikel befinden würden, die auf das, was geschehen ist, hinweisen?*

»Dann lass uns diesen Zwischenraum mal näher in Augenschein nehmen.«

Campbell war nun fest entschlossen und würde sich auch von einer verschlossenen Tür nicht aufhalten, dessen war er sich sicher.

»Ich gehe voraus. Dort unten ist alles ziemlich eng.«

Darren übernahm die Führung und öffnete die Tür. Hinter dieser war es stockfinster, und statt einen Lichtschalter an der Wand zu suchen, zog er direkt eine kleine Taschenlampe aus seiner Hosentasche heraus.

»Wir kommen hier nur mit der Taschenlampe voran, der Strom funktioniert hier unten nicht. Das war bei der letzten Durchsuchung zumindest so.«

Kurz, nachdem Darren die Worte ausgesprochen hatte, hatte Campbell einen Lichtschalter gefunden, den er schließlich auch betätigte – das Ganze war jedoch erfolglos.

»Okay. Dann lass uns weiter.«

Die Tatsache, dass es hier wirklich ziemlich eng war und einzig und allein der gelbe Lichtkegel der Taschenlampe die Umgebung erhellte, sorgte dafür, dass sich so langsam ein beklemmendes Gefühl in Campbell breitmachte. *Schwachsinn. Was soll sich hier unten schon befinden? Ich darf doch nicht wirklich glauben, dass an der Aussage des labilen Mannes etwas dran ist.* Da Darren die Treppenstufen relativ langsam hinunterging, konnte Campbell auch kein hohes Tempo an den Tag legen. Am Ende der Treppe angekommen, fanden sie sich in einem kleinen Flur wieder, der direkt zu einer weiteren Tür führte, die Darren öffnete. Das Türblatt ließ sich nur mit einer Menge Kraft öffnen und glitt mit einem leisen Quietschen über den Boden. Darren schwenkte augenblicklich die Taschenlampe nach vorne und ließ den Lichtkegel über die Wände wandern.

»Den Bereich hier haben wir durchsucht.«

Die Tatsache, dass der Mann von der Spurensicherung seine Stimme auf Flüsterlautstärke gesenkt hatte, signalisierte Campbell, dass Darren die Spannungen, die hier unten in der Luft lagen, auch spüren konnte. In dem Bereich, in dem sie sich befanden, roch es nach abgestandener, staubiger Kellerluft. Es gab da jedoch auch noch einen anderen Geruch, den Campbell zunächst nicht einordnen konnte. Dieser wirkte auf eine gewisse Art modrig und verbraucht, genauer konnte er das jedoch nicht sagen. Ansonsten bot der Raum, in dem sie sich zurzeit befanden, nichts, Interessantes, bis auf ein paar Gemälde, die an den Wänden hingen. Selbige waren tapeziert mit einer Tapete mit Blumenmuster, diese war jedoch an einigen Stellen bereits abgeblättert. Generell wirkte alles in dem Raum so, als wäre dieser schon um einige Jahre älter als das Haus selbst. Als Campbell sich in Folge eines leisen Geräusches aus seinem Rücken umdrehte, stieß er mit dem Kopf gegen die Decke und spürte, wie ein wenig Putz auf seine Haare rieselte.

»Alles in Ordnung?«

Darren schien mitbekommen zu haben, dass er vor Schmerz aufgestöhnt hatte.

»Ja«, stieß Campbell mit zusammengebissenen Zähnen aus.

»Lass uns weiter.«

Er nahm wieder die geduckte Haltung, die er, seit sie die Kellertür geöffnet hatten eingenommen hatte, ein, und hielt sich dicht hinter seinem Kollegen.

»Jetzt kommen wir auch schon zu der Tür, die verschlossen ist.«

Darren blieb direkt vor ebenjener stehen und gab Campbell den Weg frei.

»Der Größe des Ferienhauses nach zu urteilen, muss sich hier hinter noch etwas befinden.«

»Und das müssen wir kontrollieren. Wir müssen die Tür um jeden Preis öffnen.«

Campbell verharrte kurz, ehe er seine Hand nach der Klinke ausstreckte. Er hatte sich in eine Position begeben, die er aus diversen Einsätzen im Sondereinsatzkommando bereits kannte. Doch bevor er den bereits geplanten Tritt ausführte, spürte er, dass sich die Klinge hinunterdrücken ließ – und fühlte sich genauso ratlos wie sein Kollege, als sich die Tür daraufhin schließlich problemlos aufschieben ließ.

22

Ich muss in den Keller. Er war in den letzten Minuten in seinem Kopf viele verschiedene Möglichkeiten durchgegangen, war jedoch kein einziges Mal drum herum gekommen, eben das Gespräch mit Malea zu suchen und sie aus ihrer misslichen Lage zu befreien. Er hoffte, dass es ihm irgendwie gelingen würde, sie dazu zu bewegen, ihm zuzuhören – obwohl die Wahrscheinlichkeit, dass er das wirklich schaffen würde, verschwindend gering war. *Ansonsten muss ich mich eben meinem Schicksal ergeben. Möglicherweise würde ich beim Verhör auf der Dienststelle der Polizei bessere Gesprächspartner haben als Malea. Dass die mir erst einmal zuhören, sollte gesichert sein.* Obwohl es ihm eine Menge psychischer und auch körperlicher Kraft kostete, erhob er sich erneut von der Matratze und verließ das Zimmer. Er versuchte, seinen Kopf komplett auszuschalten, doch das war definitiv leichter gesagt, als getan. Die ganzen, negativen Gedanken ließen sich nicht einfach so vertreiben. Er konnte sie zwar für einen Moment beiseiteschieben, doch ebenjener Moment währte meist nur für wenige Sekunden. Kurze Zeit später hatte er bereits die Kellertür im Wohnzimmer erreicht, hinter der eine beängstigende Stille herrschte. Er prüfte kurz, ob es Malea gelungen war, sie aufzubrechen, doch das war nicht der Fall. Die Klinke ließ sich zwar hinunterdrücken, doch die Tür öffnen konnte er damit nicht, was bedeutete, dass sie weiterhin verschlossen war. Bevor er sich daran machte, sie aufzuschließen, klopfte er sanft gegen die Tür.

»Malea?«

Er wartete ein paar Sekunden – doch da war nichts weiter als

Stille. Kein einziges Geräusch war von der anderen Seite der Tür aus zu hören, weder das Schlurfen von Schritten noch ein leises Schluchzen oder sonst etwas. *Ich muss nachschauen. Auch, wenn ich damit das Risiko eingehe, dass sie versucht, mich zu überwältigen.* Mit vor Nervosität zitternden Händen schloss er die Tür auf und warf einen Blick auf die Kellertreppe, die sich direkt dahinter befand. Dort, wo sich zumindest vorhin noch Malea befunden haben musste, war nun niemand mehr zu sehen. *Sie ist weg – vermutlich ist sie durch die Hintertür geflohen. Oder aber, sie lauert mir irgendwo auf. Dieses Risiko muss ich aber eingehen.* Vor jedem Schritt, den er setzte, sah er sich in alle Richtungen um und kam sich dabei fast ein wenig paranoid vor. Es beunruhigte ihm zutiefst, dass Malea nicht hinter der Kellertür gewartet hatte, als er jedoch versuchte, sich in sie hineinzuversetzen, fand er heraus, dass er selbst kaum anders gehandelt hätte. *Es war vielleicht von Anfang an zu viel gewesen, von ihr zu erwarten, dass sie Verständnis für mein Handeln aufbringen würde – unmittelbar, nachdem ich Noah mit der Teekanne verletzt hatte.* So im Nachhinein betrachtet war das doch ein furchtbarer Fehler gewesen, doch selbst jetzt wusste er nicht, ob er anders hätte handeln könne. Da er merkte, dass er sich zum x-ten Mal über diese Situation den Kopf zerbrach, nahm er sich vor, damit aufzuhören und den Keller weiter zu durchsuchen.

»Malea?«

Seine Stimme klang dumpf durch den Raum und prallte an den eng beieinanderstehenden Wänden des Kellers ab. Dabei erzeugte sich von selbst ein gruseliger Unterton, der ihm einen Schauer über den Rücken jagte. Irgendwie strahlte der Keller etwas Unbehagliches aus, und die Dunkelheit, die vor ihm lag, bestätigte das eher noch. Es gab keine Fenster, durch die Tageslicht ins Innere dringen konnte, und als er den Lichtschalter an der Wand neben sich fand und ihn betätigte, fand er heraus, dass dieser nicht funktionierte. *Verdammt.* Da die Stufen leicht abschüssig waren und das Tageslicht aus dem Wohnzimmer nicht mehr allzu weit reichte, musste er sein Tempo etwas drosseln. Als er den Fuß der Treppe erreicht hatte und Teppichboden unter seinen Schuhsohlen spürte, atmete er erleichtert auf. Er versuchte, sich an den Wänden entlang zu tasten – das funktionierte auch, bis er wenige Meter später eine Tür erreicht hatte. Selbige ließ sich einfach so aufschieben, sie war nicht verschlossen. Da er zuvor noch nicht den Keller aufgesucht hatte, wusste er nicht, wie es weitergehen würde – und die Dunkelheit tat da sicherlich ihr Übriges. *Vielleicht finde ich hier ja auch einen Sicherungskasten. Irgendwie muss sich das Licht ja wieder anschalten lassen.* Raphael hatte nicht besonders viel Ahnung von Strom und allem, was mit Elektrizität zu tun hatte – das hatte sich schon in der weiterführenden Schule bemerkbar gemacht, als er in Physik immer schlechte Noten gehabt hatte. *Ein Sicherungskasten ist aber definitiv kein Hexenwerk – und da sich im Haus keiner befunden hatte, wird dieser sicherlich hier unten zu finden sein.* Seine Gedanken klangen für ihn selbst in diesem Moment so plausibel, dass er seinen Weg fortsetzte und das anschließende Zimmer durchquerte. Es war relativ klein, das fand er heraus, als er seine Hände erneut über die Wände zu seinen Seiten fahren ließ. In diesem Moment hätte er doch gerne eine Taschenlampe dabeigehabt, um den Boden nach etwaigen Spuren absuchen zu können – als er seinen Blick jedoch daraufhin hob, merkte er, dass das gar nicht mehr nötig sein würde. Denn direkt zu seiner Rechten befand sich eine Tür, die nicht verschlossen, sondern nur angelehnt war. Raphael öffnete sie, und musste in Anbetracht der Helligkeit, die ihn prompt empfing, blinzeln. Die Sonnenstrahlen fielen vom Himmel und landeten auf der Balustrade, die sich oberhalb von ihm befand. Nur ein Bruchteil davon schaffte es durch die Ritzen innerhalb ebenjener Balustrade und landete auf den Treppenstufen. Doch dieser Bruchteil reichte dazu aus, etwas erkennen zu können. *Ist das eine Spur?* Raphael ging auf die Knie und nahm das ins Auge, was seine Aufmerksamkeit direkt erregt hatte. Auf den Treppenstufen befanden sich kleine, bräunliche Tropfen, die ein wenig wie Schlamm aussahen. Sie führten über die Treppen direkt in Richtung des Waldes, und die Tatsache, dass sich Malea nicht im Keller befand und diese Spur unmöglich von ihr kommen konnte, sorgte dafür, dass er Magenkrämpfe bekam. *Ich muss sie suchen. Das bin ich ihr schuldig... in jeglicher Hinsicht.* Er wollte sich gar nicht ausmalen, was wohl mit ihr passiert sein mochte, dennoch traten die wildesten Szenarien vor seinem inneren Auge auf. Sein schlechtes Gefühl diesbezüglich überlagerte sogar die Wut, die er im Allgemeinen auf seine ehemaligen Freunde empfand. Dass sie ihn im Stich gelassen hatten, war nun nicht mehr ganz so wichtig – jetzt kam es für ihn darauf an, Malea aus ihrer Lage zu retten, wenn das denn überhaupt nötig und in erster Linie möglich wäre.

23

Als Malea hörte, wie sich Raphaels Schritte immer weiter von der Kellertür entfernten, fiel sie beinahe vom Glauben ab.

»Raphael!«

Sie hielt für einen Moment inne und stoppte die Schläge gegen die Tür. Die Schritte hingegen wurden immer leiser, was bedeuten musste, dass Raphael sie tatsächlich ohne zu zögern alleine ließ.

»Das kannst du nicht machen!«

Die Stille, die sich wenige Sekunden später über den Kellerraum und die direkte Umgebung legte, fühlte sich fast schon gespenstisch an. Malea versuchte es mit drei weiteren, heftigen Schlägen, doch die dumpfen Geräusche, die sie erzeugte, drangen wahrscheinlich höchstens ins dahinterliegende Wohnzimmer und wurden von den Wänden verschluckt. Die Chance, dass sie irgendjemand von außerhalb bemerken würde, war verschwindend gering. *Raphael. Dieses miese Arschloch!* Malea wusste in diesem Moment nicht, wie sie ihre Gefühle einschätzen sollte. *Ich hätte nicht zögern dürfen, sondern unmittelbar die Polizei rufen müssen. Dann wäre ich zwar eventuell auch in diesem gottverdammten Keller gelandet, jedoch mit der Aussicht auf Rettung.* Selbige war jetzt quasi nicht vorhanden, doch bevor der Gedanke, komplett aufzugeben, in ihrem Kopf präsent wurde, kam ihre eine Idee. *Es muss auch eine Tür geben, die hier rausführt. Zwar nach draußen und nicht ins Haus - aber zumindest raus!* Sie erhob sich von der oberen Treppenstufe, auf die sie sich wenige Sekunden zuvor erst gesetzt hatte, und schritt die restlichen Stufen hinunter. Sie musste sich dabei zwar fast blind durch die Dunkelheit tasten, doch sie absolvierte das Hindernis, ohne zu stürzen. Dem kurzen Flur schloss sich ein weiterer Raum an, den sie recht schnell durchquert hatte. Die Tür am Ende des Zimmers führte direkt in eine Art Abstellkammer - zumindest auf den ersten Blick. Durch mehrere, kleine Fenster zu ihrer Rechten fiel Tageslicht in den Raum, weshalb sie das gut sehen konnte. Staubkörner tanzten in der erhellten Luft, es wirkte zumindest auf den ersten Blick so, als hätte sich hier einige Jahre lang niemand mehr aufgehalten. Malea zog das Halstuch, welches sie eigentlich immer trug, etwas fester zusammen, aus dem Grund, dass ihr das etwas Sicherheit und Geborgenheit verschaffte. Das war ein Trick, den sie schon sehr oft angewandt hatte - sei es nach Feiern oder Verabredungen gewesen, um sich auf dem Heimweg vor den unliebsamen Kreaturen der Nacht zu schützen, bei denen es sich natürlich hauptsächlich um Menschen handelte. Wilden Tieren war sie innerhalb der Stadt, in der sie lebte, nicht begegnet, diese hielten sich eher in den bewaldeten Stadträndern auf und mieden das Zentrum. Direkt unter den Fenstern befand sich eine Tür, die nach draußen führte, und der Anblick sorgte dafür, dass Malea eine große Menge an Erleichterung verspürte. Als sie jedoch die Klinke hinunterdrücken wollte, merkte sie, dass selbige verschlossen war - was ihr augenblicklich einen großen Dämpfer verpasste. Im Schloss steckte auch kein Schlüssel. *Verdammt. Muss ich jetzt hier wirklich noch auf die Suche nach einem Schlüssel gehen?* Sie stöhnte auf. Diese könnte im Keller, der aus mehreren Räumen bestand, der Suche nach der allbekannten Nadel im Heuhaufen gleichen. *Wo soll ich anfangen?* Ihr Kopf begann zunächst zu schwirren, was mit einem kurzen Schub von Kopfschmerzen einherging. Daraufhin verschwamm auch ihre Sicht ein wenig, was sie dazu zwang, eine Pause einzulegen - obwohl sie das in dem modrigen und staubigen Kellerraum eigentlich nicht machen wollte. Es dauerte ein paar Minuten, bis sie sich wieder einen klaren Kopf verschafft hatte. Die gesamte, schier tonnenschwere Last an Gedanken war sie zwar nicht losgeworden, doch sie fühlte sich nun zumindest etwas leichter zu ertragen an. Zudem wusste sie auch, dass sie in diesem Kellerraum gefangen sein würde, wenn sie nicht damit anfangen würde, nach dem entscheidenden Schlüssel zu suchen - und dieser Gedanke war es schließlich auch, der einen imaginären Schalter in ihrem Kopf umlegte und sie dazu bewegte, die Suche zu starten. Auch, wenn sie keinerlei Anhaltspunkte hatte, versuchte sie es zunächst im Nebenzimmer. Vermutlich tat sie das auch, weil das der einzige Raum war, den sie sich bisher noch nicht angeschaut hatte. Sie betätigte den Lichtschalter, der sich direkt neben der Tür befand, die sie ins nächste Zimmer führte. Doch bis auf ein kurzes Flackern der Leuchtstoffröhren, welches kurz darauf wieder erstarb, passierte nichts. Mit einem mulmigen Gefühl im Bauch drückte Malea die Klinke hinunter und schob die Tür auf. Im Inneren war es ziemlich dunkel, selbst das Tageslicht, welches von den Fenstern aus kam, konnte nur teilweise in diesen Bereich hervordringen. Sie musste einiges an Kraft aufwenden, um die Tür komplett aufzuschieben, da sie sich direkt über dem Teppichboden befand, von dem in Folge dessen bereits eine immense Staubwolke aufstob. Malea spürte ein Kribbeln im Hals und hustete, als sie den Mund öffnete und die feinen Staubkörner in ihre Atemwege eindrangen. Aus einem kurzen Husten wurde ein regelrechter Anfall, den sie erst nach einigen Sekunden überwunden hatte. Sie zog sich ihr Halstuch komplett vor Mund und Nase und wagte sich daraufhin ein paar Schritte voran. Sie fühlte sich, als wäre sie inmitten einer gigantischen Wüste gelandet - die Hitze wurde durch die drückende Luft dargestellt und der aufwirbelnde Sand durch die Staubkörner. Sie meinte sogar, sich einzubilden, ein Brennen in ihren Augen zu spüren, schob das jedoch auf ihre lebhafte Fantasie. Sie hielt kurz inne, und versuchte, sich genau auf ihre Umgebung zu konzentrieren - und rümpfte die Nase, als, durch das Halstuch hindurch, ein undefinierbarer, widerlicher Geruch zu ihr hervordrang. *Was ist das denn?* Plötzlich erschien ihr der Staub und die drückende Luft, welche sie mit der einer Wüste verglichen hatte, ganz und gar nicht mehr als ihr größtes Problem. *Verrottet hier etwa ein Tier? Das muss dann aber schon ein Hund oder sonst etwas sein. Eine verwesende Ratte kann nie im Leben so einen Gestank absetzen.* Obwohl sich alles in ihr dagegen sträubte, ihren Weg fortzusetzen, tat sie genau das. Die Neugier, gepaart mit der Hoffnung, hier irgendwo im Raum den entscheidenden Schlüssel finden zu können, waren schließlich größer als das Unbehagen und der Ekel. Die Tatsache, dass das Unterfangen bei dem schlechten Licht eher schwierig werden könnte, spielte in ihren Überlegungen eher eine sehr kleine Rolle, war alles andere als omnipräsent. Der Raum, in dem sie sich befand, war deutlich größer als die, in denen sie sich zuvor befunden hatte. Genau aus diesem Grund waren ihr die Wände nur eine bedingte Hilfe, sie konnte sich nur wenig vorantasten und stieß dabei immer mal wieder auf Schränke und Kommoden, deren Schemen sie zwar im schwachen Tageslicht erkennen, allerdings nicht zuordnen konnte. Je tiefer sie sich wagte, desto dunkler wurde es - und desto größer stellte sich der Raum heraus. Da sie größtenteils ihre Hände zum Vorankommen nutzte, verhielt sie sich mit ih-

130

ren Füßen etwas unvorsichtig, und stieß daher kurz darauf mit ihrem Schienbein gegen etwas, was sich auf dem Boden befand. Die Schmerzwelle war zwar nur kurz, aber intensiv, weshalb sie sich erneut einen Moment Pause nehmen musste, ehe sie den Fund begutachten konnte. In diesen Bereich des Zimmers schaffte es kein Tageslicht mehr, weshalb sie auf die Knie ging und erneut durch tasten herauszufinden versuchte, auf was sie da gerade gestoßen war. Es musste sich um eine eckige Kiste handeln, auf deren Oberfläche sich bereits eine dicke Staubschicht gebildet hatte. Sie fand im ersten Versuch keinen Verschluss, mit dem sie sie öffnen können würde, als sie jedoch ein zweites Mal ihre Finger über die Oberfläche und den Rand fahren ließ, wurde sie schließlich doch noch fündig. Im Dunkeln war es gar nicht so leicht, den Spannverschluss zu lösen, doch sie hatte das kurze Zeit später geschafft und versuchte nun, die Klappe anzuheben - was jedoch nicht funktionierte. Sie zog sich das Halstuch von der Nase und dem Mund, und riskierte so zwar, dass sie den widerwärtigen Geruch einatmen musste, wusste jedoch in diesem Moment keine andere Lösung, um ihren vollen Fokus darauf zu legen, die mysteriöse Kiste zu öffnen. Sie ertastete schließlich ein paar Zentimeter tiefer ein Vorhängeschloss, in dessen Schließzylinder tatsächlich ein Schlüssel steckte. Dieser war zwar zu klein, um der passende für die Kellertür zu sein - doch ein leises Klicken kurz darauf verriet ihr, dass es ihr nun zumindest gelungen war, die Kiste zu öffnen. Sie musste einiges an Kraft aufwenden, um den Deckel aufzuklappen, hatte das aber kurze Zeit später geschafft. Der Geruch, der ihr augenblicklich entgegenschlug, verriet ihr, dass hier der Ursprung dessen liegen musste. Sie musste würgen, und es gelang ihr nur mit Mühe, sich nicht direkt zu erbrechen. Sie wandte sich ab, atmete tief durch und versuchte, sich mit der einen Hand die Nase zuzuhalten, während sie mit der anderen im Inneren der Kiste herumwühlte. Sie stieß augenblicklich auf etwas merkwürdig Weiches, und versuchte, alle Gedanken, die ihr prompt dazu im Kopf aufstiegen, zu ignorieren. Das war jedoch absolut nicht einfach, sie malte sich die wildesten Szenarien aus und kam zu keiner wirklichen Antwort auf die Frage, was zur Hölle einen solch abartigen Geruch absonderte. *Das sind doch Leinen, oder nicht? Könnte auch Toilettenpapier sein. Oder irgendein Tuch.* Dieser neuerliche Gedanke sorgte dafür, dass sie erstarrte. *Furchtbarer Gestank, der an Verwesung erinnert, eine riesige, verschlossene Kiste und die ganzen Tücher. Das muss ein Sarg mit einer Mumie sein.* Nur den Bruchteil einer Sekunde später, in dem Moment, in dem sie die Suche eigentlich hatte abbrechen wollen, stieß sie auf etwas metallisches. *Das ist der Kellertürschlüssel!* Selbiger war zur Hälfte in eines der vielen Tücher eingewickelt, und ließ sich nur schwer aus der Kiste ziehen. Als sie ihn schließlich in der Hand hielt, atmete sie auf. Von der Größe her konnte es sich durchaus um den gesuchten Schlüssel handeln, sie wollte jedoch nicht in vorzeitige Euphorie verfallen. Es kam ihr allerdings ziemlich recht, dass sie den Raum nun verlassen konnte, weshalb sie dies auch umgehend tat. Im anderen Zimmer angekommen, schloss sie direkt die Tür, um dem widerwärtigen Gestank gar nicht erst die Chance zu geben, auch noch in diesen Bereich zu wabern. Als sie einen Blick auf ihre Hände warf, in denen sie den Schlüssel trug, wurde ihr erneut übel. Ihre Finger waren von einer braunen, schlammigen Masse bedeckt, noch dazu waren einige Rückstände vom Toilettenpapier klebengeblieben. Sie blickte sich hastig um, entdeckte jedoch auf die Schnelle kein Waschbecken im Keller, weshalb sie sich ihre Hände im Stoff ihrer Jeanshose abwischte. Sie versuchte während sie das tat, nicht im Ansatz daran zu denken, dass sie möglicherweise eine Leiche durchwühlt hatte, scheiterte jedoch daran. *Ich muss einfach hier raus und dann direkt in den See springen. Und danach sehe ich weiter.* Bestärkt von dem Gedanken, genau das zu tun und den Keller zu verlassen, wickelte sie den Schlüssel aus und steckte ihn in das Türschloss. Er passte auf Anhieb, was ihr nun endlich auch den ersehnten Schub der Erleichterung verschaffte. Sie drehte ihn herum und konnte so tatsächlich ohne Probleme die Tür öffnen. Die frische Luft von draußen sorgte dafür, dass sie sich augenblicklich besser fühlte. Sie lehnte sich mit ihrem Rücken gegen die Hauswand direkt neben sich. *Idylle pur. Die Natur ist eben immer schön – nicht so wie das, was in den Köpfen von uns Menschen steckt.* Sie schluckte, als ihr nun wieder klar wurde, was sie da eben gesehen hatte. *Irgendjemand hat eine Leiche dort eingewickelt. In einer Kiste, die auch ein Sarg sein könnte. Mitten im Keller eines Ferienhauses. Was ist da nur passiert?* Da sie sich für den Moment in Sicherheit befand und noch nicht das dringende Bedürfnis hatte, das Gelände rund um das Ferienhaus fluchtartig zu verlassen, schluckte sie ihren Ekel hinunter und verharrte einen Moment. Das Zwitschern der Vögel aus dem nahegelegenen Wald erfüllte die Luft. Noch dazu wehte ein leichter Wind, der ein leises Rascheln in den Baumkronen erzeugte. Nichts an der Idylle, die dieser Ort ausstrahlte und die schließlich auch der Hauptgrund gewesen war, weshalb sie sich gerade für diese Gegend entschieden hatten, ließ in irgendeiner Art auf das Grauen schließen, auf das sie im Kellerraum gestoßen war. *Oder...* Ihre Gedanken schweiften plötzlich in eine ganz andere Richtung.

Es handelte sich um eine, die sie zuvor noch nicht eingeschlagen hatte. *Ich habe mir das alles nur eingebildet.* Sie zog eine Augenbraue hoch, hob zögerlich ihre Hände in Richtung ihrer Nase, und verzog das Gesicht, als ihr in Folge des widerwärtigen Gestanks die Galle im Hals aufstieg. *Bei Gott, nein, ich habe das ganz und gar nicht geträumt. Das ist alles echt gewesen. Doch was, zur Hölle, war das?* Sie hielt inne, als sie plötzlich Schritte hinter sich vernahm.

»Raphael?«

Sie drehte sich um und blickte durch den Türrahmen. Doch dort war nichts zu sehen – das leise Schlurfen hatte sie sich allerdings definitiv nicht eingebildet, denn es war weiterhin existent, und schien sogar stets näherzukommen. Die Tür zu dem Raum, in dem sie auf die Kiste gestoßen war, öffnete sich quälend langsam. Das Türblatt schob sich fast schon wie von Geisterhand und in Zeitlupe über den Boden, ehe etwas zum Vorschein kam, was Malea noch nie zuvor in ihrem Leben gesehen hatte – und wovon sie auch niemals im Traum gedacht hätte, dass sie so etwas schreckliches jemals würde sehen müssen. Zunächst stellte sich das Ganze nur schemenhaft da, doch als dieser Schemen, dieser Schatten, immer näher kam und sich schon bald Konturen aus der Dunkelheit geschält hatte, spürte sie, wie ihr Verstand ihre Glieder komplett lahmlegte. Sie war vor Angst wie gelähmt, und unfähig dazu, auch nur einen einzigen Schritt in Richtung der Treppe zu setzen. Erst, als sie den fauligen Atem der Mumie, die sich mit jeder Sekunde immer weiter näherte, roch und sich nur noch wenige Zentimeter von den knochigen Fingern entfernt befand, gewann sie wieder die Oberhand über sich und ihren Körper und lief los. Sie stolperte beinahe über die zweite Treppenstufe, konnte das Gleichgewicht jedoch halten und erreichte unbeschadet den Fuß der Treppe am oberen Ende. *Der Wald. Verdammt, habe ich denn eine Wahl?* Sie verfluchte sich dafür, dass sie, in dem Moment, in dem Laurin, Zoe, Noah und Valentina losgefahren waren, nicht darauf bestanden hatte, mitzufahren. Sie hatte gewusst, dass es nur vier Sitze im Mietwagen gegeben hatte und daher darauf verzichtet, an der Fahrt teilzunehmen. Im Grunde genommen hatte sie das getan, weil sie gehofft hatte, ein vernünftiges Wort mit Raphael wechseln zu können – doch das war ins Wasser gefallen, da mit der Zeit Zweifel in ihrem Kopf entstanden waren und er ihr letzten Endes das Handy weggenommen und sie in den Keller gesperrt hatte. *Zum Teufel mit ihm. Er befindet sich oben im Haus und ahnt noch nicht einmal, was ich hier gerade durchmache.* Die Mumie war derweil damit beschäftigt, über die Treppenstufen nach oben zu kriechen. Sie war nicht besonders schnell, dennoch wollte Malea keine weitere Zeit verschwenden und entschied sich zur Flucht. Sie rannte, spürte, wie sie alles aus sich herausholte und ihre Lunge zu brennen begann. Ohne kurz zu stoppen und sich eine Pause zu gönnen, warf sie einen Blick über ihre Schulter. Es schien ihr niemand unmittelbar auf den Fersen zu sein, weshalb sie sich ein wenig entspannte. Sie senkte ihr Tempo allerdings nicht, sondern behielt es bei – was in diesem Moment ein schrecklicher Fehler war. Da sie bereits ihre Reserven nutzte und eigentlich nicht die Kraft für einen derartigen Sprint hatte, wurde sie unachtsam. Als sie ihren Blick senkte, sah sie noch, wie sie mit ihrem linken Fuß auf ihren rechten, offenen Schnürsenkel trat – und spürte, wie ihr der Aufprall nicht nur die Luft aus den Lungen raubte, sondern auch dafür sorgte, dass sie einen stechenden Schmerz sowohl in der Rippen- als auch in der Stirngegend spürte, und ihr Bewusstsein kurz darauf verlor.

24

»Du Wahnsinniger!«

Noah stieß die Worte in Folge des Schmerzes, der sich wie ein flammendes Inferno auf seinem gesamten Kopf ausgebreitet hatte, aus. Die Scherben der Teekanne hatten seine Kopfhaut aufgerissen, und er spürte warmes Blut über die Stirn und sein Gesicht hinablaufen.

»Oh, was ist passiert?«

Zoe war die erste, die zu Noah in die Küche geeilt kam. Raphael hatte sowohl diese, als auch das Wohnzimmer bereits verlassen und befand sich auf dem Weg ins obere Stockwerk.

»Er hat mir die Teekanne auf den Kopf geschlagen.«

Es strengte Noah enorm an, die Worte auszusprechen. Die Schmerzen auf seiner Kopfhaut waren einfach allumfassend, sie hinderten ihn daran, klar denken zu können. Zoe reichte ihm ihre Hand entgegen und half ihm auf die Beine.

»Ich habe direkt gewusst, dass es eine falsche Entscheidung war, ihn mitzunehmen. Verdammt.«

Zoe wirkte mit der Situation in diesem Moment komplett überfordert. Ein paar Sekunden später hatte Laurin ebenfalls bereits die Küche erreicht und warf einen Blick durch den Türrahmen hindurch. Noah versuchte, seinen Gesichtsausdruck in diesem Moment zu deuten - die hochgezogenen Augenbrauen und der besorgte Blick, den er gleichzeitig im Gesicht trug, passten irgendwie nicht zusammen. Er war sich allerdings auch nicht ganz sicher, ob er das richtig gedeutet hatte, denn seine Sicht war verschwommen und noch dazu fühlte er sich etwas schummrig.

»Was ist denn passiert?«, fragte Laurin und ging in die Hocke, um Noahs Verletzung besser begutachten zu können.

»Raphael hat die Kontrolle über sich verloren. Ich habe direkt gewusst, dass er eine tickende Zeitbombe ist. Das habe ich dir ja auch schonmal gesagt.«

In Zoes Stimme schwangen durchaus einige Vorwürfe mit, das konnte Noah gut hören.

»Und ich kann jetzt also was dafür, oder was möchtest du mir sagen?«

In Laurins Ton hingegen schwang eine unterschwellige Aggressivität mit, die er gar nicht zu überdecken versuchte.

»Ja, du warst ja auch dafür, ihn unbedingt mitzunehmen.«

»Verdammt, Zoe, halt die Klappe«, wies Laurin sie an und Noah war über den Tonfall seines Freundes überrascht.

Laurin hielt sich sonst eher zurück und zählte zu der stilleren Sorte von Menschen, die ihre Emotionen nicht so oft und vor allen Dingen nicht so extrem zeigten. Ein Ausbruch dieser Art kam daher enorm selten vor, doch Noah konnte sich in diesem Moment darüber keine Gedanken machen, da der Schmerz in seinem Inneren alles einnahm und seine Sicht vernebelte.

»Wir sollten dich ins Krankenhaus bringen, die Scherben haben dich ziemlich malträtiert.«

Noah nickte.

»Ich denke, das ist die beste Lösung.«

»Ich fahre«, murmelte Laurin.

»Möchte sonst noch jemand mitkommen?«

Zoe nickte.

»Ich fühle mich in Raphaels Gegenwart einfach unwohl. Ich denke, Malea und Valentina sollten auch noch mitkommen.«

»Ich denke nicht, dass es nötig ist, mit zwei Autos zu fahren.

138

Wir haben im Mietwagen nur vier Sitze.«

»Ich bleibe hier«, meinte Malea.

Ihre Stimme klang allerdings nicht so, als wäre ihr das auch zu einhundert Prozent recht.

»Ich auch«, sagte Valentina, woraufhin sich Laurins Blick kurzzeitig veränderte.

»Ich denke, du solltest mitkommen.«

Die beiden tauschten kurz einen Blick miteinander aus, den Noah jedoch nicht deuten konnte. Selbiger reichte allerdings vollkommen dazu aus, Valentina davon zu überzeugen, mitzukommen.

»Okay.«

Sie senkte ihren Kopf und gab Noah so nicht den Hauch einer Chance, mehr aus ihrem Blick lesen zu können.

»Geht das denn für dich in Ordnung, Malea?«

Valentinas Stimme klang durchaus ein wenig sorgenvoll.

»Muss es ja, oder?«

»Ich denke auch«, mischte Laurin sich ein, und begab sich in Richtung Wohnzimmer.

»Los, kommt mit, ein Arzt sollte sich das Ganze zügig ansehen. Wir haben eine lange Fahrt vor uns.«

»Wir sollten seinen Kopf verbinden, bevor wir aufbrechen«, murmelte Valentina.

»Kannst du das übernehmen, Zoe? Und Laurin, ich müsste dich nochmal kurz sprechen.«

Noah war den anderen ins Wohnzimmer gefolgt und hatte sich auf der Couch niedergelassen. Laurin und Valentina waren bereits in Richtung Flur verschwunden, während Zoe und Malea seine Verletzung näher begutachteten.

»Im Badezimmer befindet sich ein Verbandskasten. Ich gehe

den mal eben holen.«

Malea verließ das Wohnzimmer, woraufhin Zoe direkt neben Noah Platz nahm.

»Wie ist das denn eben genau passiert?«

»Er ist ausgerastet und hat mir einfach die Kanne auf den Kopf geschlagen. Ohne Grund.«

Obwohl er wusste, dass er damit nicht zu einhundert Prozent die Wahrheit sagte, sprach er die Worte aus. Zoe würde diesbezüglich gewiss keine weiteren Fragen stellen, ihre Einstellung gegenüber Raphael war allen bestens bekannt.

»Das wundert mich nicht, um ehrlich zu sein. Laurin verhält sich manchmal aber auch wie ein Idiot, ich hatte ja versucht, ihn zu überzeugen, dass er unmöglich dafür sein kann, Raphael mitzunehmen, doch er wollte einfach nicht auf mich hören.«

Noah konnte Zoes Meinung nicht in allen Punkten teilen. Generell hatte er nichts gegen Raphael einzuwenden – sonst wären sie vermutlich nicht über so viele Jahre miteinander befreundet gewesen. Doch die Tatsache, dass er sich in seine Sache mit Valentina eingemischt hatte, das ging einfach zu weit. *Ich hänge schon seit Jahren an ihr und das beruht doch auch auf Gegenseitigkeit, verdammt. Was bildet er sich da ein?* Noah versuchte, die Wut, die sich in diesem Moment in seinem Kopf breitmachte, etwas zurückzuschieben. Generell versuchte er, Raphael aus seinen Gedanken zu verbannen – die Tatsache, dass sein langjähriger, bester Freund tatsächlich Gewalt angewendet und offenbar ohne mit der Wimper zu zucken zugeschlagen hatte, hatte nun endgültig das Fass zum Überlaufen gebracht. Mehr als Wut konnte er aufgrund der Schmerzen nicht verspüren. *Er ist doch vollkommen irre. Auch die Tatsache mit dieser Zeichnung, die ich ihm angeblich in den Koffer gepackt haben soll.*

Das ist doch krank. Bevor er seine Gedanken weiter vertiefen konnte, war Malea bereits mit dem Verbandskasten aus dem Badezimmer zurückgekehrt. Sie legte selbigen auf dem Wohnzimmertisch ab, öffnete ihn, und holte eine Rolle Verbandsmull heraus, von der sie ein Stück abrollte.

»Jetzt musst du stillhalten«, wies sie ihn an, und Noah tat, was sie befahl.

Malea ging behutsam dabei vor, ihm die Wunde zumindest grob zu verbinden, und er spürte, wie sich der Stoff unmittelbar mit seinem Blut vollsog. Kurze Zeit später kamen Valentina und Laurin wieder ins Wohnzimmer zurück.

»Wir sollten keine weitere Zeit verlieren, und direkt losfahren. Habt ihr die Wunde gut verbunden?«

Irgendwie hörte sich Laurins Stimme nun erneut ein wenig anders an, Noah meinte sogar, ein Zittern in ihr hören zu können. *Er ist nicht ganz bei sich. Hat ihn die Sache mit Raphael wirklich derart aus der Bahn geworfen?* Da sich die beiden in seinem Rücken befanden, konnte er keinen Blick in ihre Gesichter werfen.

»Ja«, meinte Zoe und erhob sich kurz darauf wieder von der Couch.

»Wir können los.«

Noah tat er ihr gleich und drehte sich in die Richtung, in der sich die anderen befanden. Zoe ignorierte Laurin komplett, während sie das Wohnzimmer verließ und sich im Flur die Schuhe anzog. Valentina wirkte neben Laurin irgendwie ziemlich klein, was nur bedingt daran lag, dass er einen Kopf größer als sie war. *Was haben die beiden nur miteinander zu besprechen, verdammt?* Noah konnte sich keinen Reim auf die Situation machen, und da ihn das Nachdenken enorm anstrengte, beschloss er, das sein zu lassen.

Kurze Zeit später hatte er bereits auf der Rückbank des Mietwagens Platz genommen. Die Tatsache, dass Valentina auf dem Beifahrersitz saß, während Laurin den Wagen steuerte, verriet Noah, dass irgendetwas definitiv nicht stimmen konnte. Zoe hielt ihren Blick durch das Fenster in Richtung Wald gerichtet und sprach kein einziges Wort, während sie auf die Straße steuerten. Die Stimmung im Inneren des Wagens war daher ziemlich bedrückt, und Noah verspürte auch nicht so wirklich die Lust, daran etwas zu ändern. Er ließ sich stattdessen in den Sitz sinken und versuchte, sich zu entspannen. Der Blutfluss aus seiner Wunde schien mittlerweile abgeebbt und die Symphonie des Schmerzes in ein leises, aber beständiges Pochen übergegangen zu sein. Die Straße schien, je tiefer sie in den Wald hineinfuhren, immer schlechter zu werden, die Schlaglöcher wurden größer und die Piste stets ruckeliger.

»Hättest du nicht eben rechts abbiegen müssen?«

Zoe, die scheinbar doch nicht allzu tief in sich selbst versunken war, durchbrach die Stille. Da Laurin ihr jedoch keine Antwort gab, übernahm Valentina das.

»Nein, wir sind auf dem richtigen Weg.«

Ihre Stimme klang, so weit Noah das beurteilen konnte, recht emotionslos. Sie drehte sich zudem nicht mal nach hinten um, sondern hielt ihren Blick durch die Windschutzscheibe nach vorne gerichtet.

»Aber wir sind doch auf der Fahrt vom Flughafen...«

»Verdammt, Zoe, jetzt halte doch mal die Klappe!«, herrschte Laurin sie an, woraufhin es im Inneren des Mietwagens schlagartig still wurde.

»Laurin, was ist denn mit dir los?«

142

Noah, dem die Situation langsam etwas merkwürdig vorkam, musste sich nun unbedingt zu Wort melden. Er konnte sich Laurins Nervenkostüm der letzten Stunden nicht erklären, und wollte herausfinden, was vorgefallen war.

»Ich habe gerade nur absolut keine Lust auf dumme Fragen. Die verbessern die Situation nicht gerade.«

»Aber wir sind definitiv nicht auf dem richtigen Weg.«

Zoe hatte die Arme vor der Brust verschränkt und hielt ihren Blick weiterhin aus dem Fenster gerichtet. Da Noah das Gefühl hatte, dass jedes Wort, was er sagen würde, nur weiteres Benzin ins lodernde Feuer der Diskussion kippen würde, hielt er sich zurück, obwohl es noch einiges zu sagen gab. Sein momentaner Zustand tat sein Übriges dazu, seit Anbeginn der Fahrt hatte er das Gefühl, an der Schwelle zur Bewusstlosigkeit zu stehen. Einen inneren Kampf musste er zum aktuellen Zeitpunkt zwar noch nicht austragen, doch die Grenze dorthin konnte er jede Sekunde unbewusst passieren. Er hoffte daher, dass dieser Weg, der ihm ebenfalls nicht bekannt vorkam und der, genau wie Zoe gesagt hatte, keineswegs der gewesen war, den sie auf der Fahrt vom Flughafen genommen hatten, der Richtige sein würde. Doch die Zweifel daran konnte er auch nicht komplett vertreiben, selbst, wenn er das auf Teufel komm raus versuchte. Immerhin war die Straße, die weiterhin durch den Wald führte, hier etwas besser, was auch bedeutete, dass der Mietwagen nicht mehr ganz so doll wackelte, während er sich über den Asphalt bewegte. Jedes Ruckeln hatte zuvor dafür gesorgt, dass der Schmerz auf seiner Kopfhaut von neuem aufflammte, weshalb er die neuen Umstände wohlwollend zur Kenntnis nahm. Die Berge schossen rechts von ihnen in die Höhe, links befand sich bloß eine Leitplanke, hinter der es einen tiefen Abgrund hinunterging. Das Panorama war atemberaubend, und Noah ärgerte sich für einen kurzen Moment, dass er seine Kamera im Ferienhaus vergessen hatte – bis ihm wieder einfiel, dass sie nicht zum Spaß unterwegs waren.

»Irgendwie fühlt sich das Auto komisch an.«

Laurin verlangsamte den Mietwagen und steuerte den rechten Straßenrand an. Er schaltete den Warnblinker an und öffnete die Fahrertür.

»Ich sehe mir das Ganze mal an. Irgendwie fühlt es sich an, als hätten wir hinten rechts nicht genug Luft.«

Laurin verließ den Mietwagen und schloss die Tür. Zoe nutzte das und übernahm direkt das Wort.

»Sorry, aber irgendetwas ist hier definitiv merkwürdig.«

Sie schnallte sich ab und öffnete ihre Tür.

»Ich glaube, ich muss mal ein paar Worte mit ihm reden.«

Noah war gespannt, in welche Richtung die Konversation zwischen den beiden laufen würde – und kurbelte daher das Fenster hoch, um das Gespräch mitzubekommen.

»Was ist eigentlich mit dir los? So aggressiv mir gegenüber habe ich dich echt noch nie erlebt.«

Es war unschwer zu überhören, dass Zoe extrem sauer war. Sie versuchte auch gar nicht erst, sich zu verstellen, was Noah allerdings auch verstehen konnte. An normalen Tagen war Laurin niemand gewesen, der sich als undurchschaubar präsentierte – das hatte sich heute aber irgendwie geändert.

»Du gehst mir einfach mit deinem Gelaber furchtbar auf die Nerven. Ich konnte mich nicht mehr zurückhalten.«

»So ist das also, ja? Was habe ich denn getan? Nur, weil ich in Bezug auf Raphael von Anfang an der richtigen Meinung gewesen war?«

144

»Und, siehst du? Anstatt deine Fehler einzusehen, hackst du immer weiter auf mir rum. Ich bin mir absolut nicht mehr sicher, ob das mit uns überhaupt noch Sinn macht. Unter einer langjährigen Partnerschaft stelle ich mir gewiss etwas anderes vor.«

»Was soll das denn jetzt heißen?«

Zoes Stimme nahm nun eine andere Tonlage an. Der aggressive Unterton war verschwunden, und sie klang eher besorgt.

»Ich glaube, wir sollte uns etwas mehr Zeit lassen. Und jetzt lass mich bitte in Ruhe, ich muss herausfinden, ob wir wirklich einen Platten haben.«

Einen Moment lang war rein gar nichts zu hören, ehe Zoes Schritte wieder näherkamen. Sie öffnete die Tür, nahm wieder auf der Rückbank Platz, und sagte zunächst nichts – ehe sie ihr Wort direkt an Valentina richtete.

»Ich glaube ja, er ist wegen dir so, Valentina.«

Selbige drehte sich von dem Beifahrersitz aus um und hob eine Augenbraue. Ihr stand ein stressiger Ausdruck im Gesicht, und Noah konnte das allzu gut verstehen. Von dem Lächeln, welches eigentlich ihr Markenzeichen war und in das Noah sich schier auf Anhieb verliebt hatte, war in diesem Moment nicht mal im Ansatz eine Spur zu sehen.

»Wegen mir? Ich glaube, da bildest du dir aber etwas ganz gehörig ein, Zoe.«

Bevor selbige etwas antworten konnte, hatte Laurin bereits wieder die Fahrertür geöffnet.

»Schaut gut aus, ich scheine mich nur getäuscht zu haben.«

Er nahm wieder auf dem Fahrersitz Platz und drehte mit zitternden Händen den Schlüssel in der Zündung. Der Mietwagen, der schon etwas älter war, sprang daraufhin stotternd an. Noah nahm sich nun für den Rest der Fahrt vor, Laurin zu beobachten.

Das gestaltete sich in den ersten Minuten allerdings nicht allzu spannend, er steuerte den Wagen bloß und nahm an den Gesprächen, die immer mal wieder entstanden, nicht teil. Ab und zu warf er einen Blick durch die Fensterscheiben zu beiden Seiten, doch die Umgebung schien auch auf ihn nicht allzu spannend zu wirken. Es handelte sich schließlich weiterhin um den schier unendlichen Wald, durch den sich die Serpentinenstraße schlängelte. Es ging mal bergab und mal bergauf, doch Zivilisation kam keine in Sicht - selbst, nachdem sie bereits eine geschlagene Stunde unterwegs waren. Laurin senkte seinen Blick immer wieder in Richtung seines Handys, auf dem er die Google-Maps Funktion geöffnet, jedoch keine Route geplant hatte. Noah versuchte, ebenfalls einen Blick auf den Bildschirm zu werfen, und sah, dass er mit seiner Vermutung recht hatte - es befand sich wirklich keine Zivilisation in der Nähe, ganz zu schweigen von einem Krankenhaus.

»Wie lange fahren wir denn noch?«, fragte er daher, und hoffte, dass er endlich mal eine vernünftige Antwort erhalten würde.

»Eine knappe halbe Stunde wird es noch dauern. Unser ursprünglicher Weg war wohl wegen eines Unfalls gesperrt.« Laurins Stimme zitterte, das war deutlich aus seinen Worten herauszuhören. Sie befanden sich nun wieder in einem Bereich der Serpentinen, in dem es bergab ging. Die Straße war hier wieder eher schlechter, der Mietwagen ruckelte über die Piste und begann zeitweise sogar, zu schlingern. Laurin schien das allerdings nicht zu beeindrucken, denn statt sein Tempo zu senken, erhöhte er es noch ein wenig.

»Könntest du bitte etwas vorsichtiger fahren?«, fragte Zoe und streckte ihre Hand nach dem Griff in der Decke des Autos aus. Genau das tat Laurin jedoch nicht, was auch Noah verunsicherte. Der Mietwagen holperte über die Schlaglöcher und geriet kurze Zeit später ins Schlingern, woraufhin Laurin die Kontrolle verlor. Das Letzte, was Noah sah, bevor der Wagen die Leitplanke durchbrach und in den Abgrund stürzte, war ein Radmutternschlüssel, der zuvor auf der Mittelablage gelegen hatte. Der Fall in die bodenlose Tiefe sorgte dafür, dass das Werkzeug durch die Luft flog - und erst durch den Aufprall auf Noahs Stirn gestoppt wurde. Selbiger sorgte dafür, dass er das Bewusstsein verlor - noch bevor der Wagen in einem Flussbett ein paar Meter tiefer zum Stehen gekommen war.

25

Etwa zwei Stunden später hatte Raphael das Waldstück, welches sich in unmittelbarer Umgebung an der Rückseite des Hauses befand, komplett abgegrast. Er hatte immer mal wieder laut Maleas Namen gerufen, damit jedoch keinen Erfolg gehabt. Generell war er auf keine einzige Menschenseele gestoßen, was jedoch auch nicht weiter verwunderlich war, da die Zivilisation weit entfernt lag. Nicht mal das Motorengeräusch eines Autos hatte er gehört, was bedeutete, dass wohl auch niemand in der Zwischenzeit vorbeigefahren war, wobei er sich da nicht so sicher war, da die Straße doch etwas entfernt lag. Die Spur, von der er gedacht hatte, sie entdeckt zu haben, hatte sich als falsche Fährte herausgestellt, der braune Schleim war zwar auf den ersten Metern noch auf den Pflastersteinen zu sehen gewesen, danach jedoch komplett verschwunden. Auf etwas anderes, hilfreiches, war er auch nicht gestoßen, so dass er jetzt, nach der langen, erfolglosen Suche, erst einmal eine Pause einlegte. Er nahm auf einem abgeschlagenen Baumstamm im Schatten Platz und atmete tief durch. *Sie wird dann wohl endgültig geflohen sein, vermutlich, weil sie Angst vor mir hatte.* Das schlechte Gewissen machte sich in diesem Moment erneut in seinem Kopf breit, und er schaffte es nun auch nicht, es zu vertreiben. *Ich darf nicht zulassen, dass ich jetzt wieder einen emotionalen Zusammenbruch erleide. Das wäre der denkbar ungünstigste Moment.* Er rappelte sich daher auf, da er es sich jetzt nicht erlauben konnte, sich weiter auszuruhen. Langsamen Schrittes bewegte er sich wieder in die Richtung, in der er das Ferienhaus vermutete. Sehen konnte er das im Moment nicht, da ihm die

Bäume des Waldes die Sicht versperrten, doch da er wusste, welchen Weg er in etwa eingeschlagen hatte, hatte er eine Viertelstunde später wieder den Hintereingang erreicht. Die Kellertür stand weiterhin offen, weshalb er durch ebenjene ins Haus gelangen konnte. *Zum Glück ist hier niemand unterwegs, der Interesse daran hat, unsere Sachen mitzunehmen. Und zum Glück ist die Tür nicht zugefallen, da ich ohne Schlüssel sonst ziemlich dumm dagestanden wäre.* Er schloss die Kellertür wieder hinter sich, woraufhin er erneut von fast vollständiger Dunkelheit eingehüllt wurde. Dieser Umstand erinnerte ihn daran, dass er ja eigentlich den Sicherungskasten suchen wollten, was er jetzt jedoch erstmal als unwichtig abstempelte. Irgendwie gefiel ihm die Atmosphäre, die der Keller ausstrahlte, absolut nicht. Irgendetwas ging hier vor sich, und er wurde das Gefühl nicht los, dass er hier nicht alleine war. Er überlegte daher nur kurz, und entschied sich dann dazu, der Sache auf den Grund zu gehen – und den anschließenden Raum, der sich direkt vor ihm befand, und der der Einzige war, den er bisher noch nicht durchsucht hatte, unter die Lupe zu nehmen. Er öffnete zögernd die Tür, und wagte sich langsam ins Innere des dunklen Raumes. Er tastete die Wände zu beiden Seiten ab, und stieß direkt links von sich auf den Sicherungskasten. Es gelang ihm nach ein paar Versuchen, ihn zu öffnen und den richtigen Schalter zu betätigen, woraufhin der Raum in ein gelbes, nicht besonders helles Licht getaucht wurde. Selbiges stammte von einer Glühbirne, die einfach nur lose an einem Kabel von der Decke hinunter hing, eine Lampe oder dergleichen war nicht vorhanden. Als er sich schließlich umsah, spürte er, wie ihm das Blut in den Adern gefror. Seine Knie begannen zu zittern, als er den Sarg erblickte, der sich auf dem Boden befand – und dessen Deckel geöffnet war. *Meine Güte.* Er traute seinen Augen kaum, doch das, was sich vor ihm befand, existierte tatsächlich – das wurde ihm endgültig klar, als er auf die Knie ging und seine Hände über das Holz des Sargs fahren ließ. In der Innenseite des Deckels befanden sich einige abgerissene Tücher, die allesamt mit der braunen Flüssigkeit beschmiert waren, die er bereits auf den Kellertreppenstufen entdeckt hatte – vor knapp zwei Stunden. *Vielleicht war Malea vor mir hier. Sie hat den Sarg geöffnet, weil sie im Dunkeln nicht sehen konnte, um was es sich handelte – und hat etwas freigelassen, wovon sie nie im Leben gedacht hätte, dass es überhaupt existieren würde.* Fast schon wie in Trance betrachtete er weiter die Innenseite des Sargs und sah dort auch die kleinen Unebenheiten, die immer wieder im Holz auftauchten. *Sie muss es gewesen sein, denn die Klappe war mit einem Spannverschluss gesichert. Der kann nicht von alleine aufgehen.* Als ihm schließlich klar wurde, was passiert sein musste, wurde ihm heiß und kalt zugleich. Er zog sich wieder auf die Beine, spürte jedoch, dass es ihm schwerfiel, sein Gleichgewicht zu halten. Er musste sich daher an dem Schrank abstützen, der sich direkt hinter dem Sarg befand. Sein Herz hämmerte wie ein Presslufthammer in seiner Brust, und er spürte sogar, wie ihm die Luft knapp wurde – vermutete jedoch, dass das vielmehr auf seine Fantasie zurückzuführen war. *Raus. Einfach raus. Und ich darf nie wieder zurückkehren.* Er hatte seine Entscheidung recht schnell getroffen, ohne lange dafür überlegen zu müssen. Als er sich umdrehte, dem Sarg den Rücken zukehrte und den Raum verlassen wollte, sah er, wie sich die Kellertür öffnete. Der Spalt wurde langsam immer größer, und zum Vorschein kam etwas, was Raphael noch nie zuvor in seinem Leben gesehen hatte. Die Gestalt, bei der es sich unmöglich um einen lebenden Menschen handeln konnte, kam durch die Tür ins Innere.

»Hey!«

Da sich Raphael überhaupt nicht erklären konnte, um was es sich bei diesem Ding, das wie eine Mumie aussah, handelte, versuchte er, seinen Gegenüber direkt anzusprechen. Er wusste nicht, ob seine Worte auch Gehör finden würden, doch er verließ sich in diesem Punkt einfach mal auf seine Hoffnung, da ihm im Moment nichts anderes übrigblieb. Die Mumie schien ihn als ihr nächstes Ziel auserkoren zu haben, und obwohl sie nicht wirklich schnell war, kam sie ihm immer näher. Sie hielt ihre Hände mit ihren knochigen Fingern vor den Körper ausgestreckt und gab Geräusche von sich, die Raphael eine Gänsehaut auf den Rücken jagten. Für den Bruchteil einer Sekunde streikten seine Glieder, doch er konnte recht schnell wieder die Kontrolle über seinen Körper gewinnen und wagte sich ein paar Schritte nach vorne. Er durfte jetzt nicht aufgeben – denn falls er das tun würde, bestand die Gefahr, dass er sich von der Mumie in die Ecke drängen lassen würde, und das wollte er nicht riskieren. *Ich muss es irgendwie schaffen, sie wieder in den Raum zu sperren – immerhin befindet sich der Schlüssel ja noch im Schloss der Tür.* Da er sich kein weiteres Zögern erlauben konnte, schritt er nun aktiv zur Tat. Er zog seine rechte Schulter hoch, und machte sich bereit, ehe er den geplanten Schritt auch bereits setzte. Die Mumie schien mit einer solchen Aktion nicht gerechnet zu haben, weshalb es Raphael gelang, sie beiseitezustoßen. Als er das schließlich getan hatte, hatte er sich den nötigen Freiraum erkämpft, den er brauchte, um sich aus der Gefahrenzone heraus zu begeben. Der Stoß, den er ausgeführt hatte, brachte die Mumie ins Taumeln – was dafür sorgte, dass etwas rundes polternd zu Boden fiel. Raphael zuckte in Folge des lauten Polterns zusammen, und richtete seinen Blick nach unten. *Scheiße.* Sein Körper arbeitete nun bloß noch auf Reserve – und um selbst nicht in die Fänge der Mumie zu geraten, trat er nach dem runden Ding, dass zuvor auf den Boden gekullert war – und bei dem es sich um Maleas Kopf handelte. Selbiger sorgte dafür, dass die Mumie mit einem lauten Knirschen in sich zusammenbrach, und Raphael nutzte das dazu, um die Tür hinter sich zu schließen und den Keller fluchtartig zu verlassen. Er hatte nun definitiv genug gesehen, und würde auch nicht mehr auf die Rückkehr der anderen warten. *Ich bin jetzt schon mehr als verdächtig. Erst die Tatsache, dass ich Noah schwer verletzt habe, und jetzt Maleas abgetrennter Kopf im Keller – wer, zur Hölle, glaubt da denn bitte an eine Mumie? Verdammter Mist. Ich muss weg. Ab in die Wildnis und da einfach nur überleben.* Er wusste nicht, ob er jemals wieder an diesen Ort zurückkehren würde. Als unmöglich sah er das jedoch nicht an, doch ein paar Tage würden schon ins Land ziehen müssen. *Ich muss einfach einsehen, dass ich ein psychisches Wrack bin. Vielleicht sollte ich mich auch einfach stellen – obwohl ich nie und nimmer auch nur einen einzigen Mord begangen habe.*

26

»Guten Tag, Mr. Keller.«

Officer Douglas Bailey nahm auf dem Stuhl gegenüber von Raphael Keller Platz, auf dem zuvor noch sein Kollege Rick Campbell gesessen hatte.

»Wie ich hörte, konnte mein Kollege Ihnen noch kein Geständnis entlocken. Bevor wir unser Gespräch starten, kann ich Ihnen direkt sagen, dass hier ein anderer Wind wehen wird. Also, wir können gerne direkt zur Sache kommen, da ich weiß, dass das eine der Schwierigkeiten in den Vernehmungskünsten meines Kollegen ist. Wo finden wir die Leichen Ihrer Freunde?«

Bailey fixierte sein Gegenüber mit einem eiskalten Blick.

»Mit Sicherheit nicht im Keller, wenn es das ist, worauf sie hinauswollen. Zumindest... nicht direkt.«

»Nicht direkt? Was meinen Sie damit?«

Bailey wich nicht von seinem harten, durchaus aggressiven Ton ab, und nahm sich vor, dass auch während des weiteren Gesprächsverlaufes nicht zu tun. Er wollte seinem Gegenüber, bei dem er der festen Überzeugung war, dass dieser die Schuld am Verschwinden seiner Freunde trug, gar nicht erst die Möglichkeit geben, sich weiter in irgendwelche Ausreden zu flüchten, wie er das vermutlich während des Gesprächs mit Campbell getan hatte.

»Officer, wenn Sie versuchen, etwas aus mir herauszubekommen, indem Sie mich in die Ecke drängen, dann muss ich Sie leider enttäuschen. Auf einer solchen Ebene werde ich nicht in der Lage dazu sein, ein vernünftiges Gespräch zu führen.«

»Verdammt, ich kann Sie auch auf unsere Dienststelle oder aber in Untersuchungshaft bringen lassen, wenn Sie nicht erzählen, was hier passiert ist.«

Im Gesicht von Raphael Keller veränderte sich daraufhin rein gar nichts. *Entweder, er hat schon damit abgeschlossen, weil er eben schuldig ist, spielt jedoch so lange mit uns, bis die Beweislast erdrückend ist. Oder aber, er ist wirklich unschuldig.* Bailey wog beide Möglichkeiten hin und her, und entschied sich schließlich dazu, das Gespräch auf einer vernünftigen Ebene fortzuführen. Ja, er besaß viele verschiedene Arten, ein Gespräch zu führen, und würde diesen vollgepackten Instrumentenkoffer nun nach und nach auspacken, um sich der einzelnen Werkzeuge zu bedienen.

»Wenn Sie denken, dass das die richtige Entscheidung ist, dann nur zu, Officer.«

Raphael stand auf und streckte ihm seine Hände entgegen. »Legen Sie mir Handschellen an und stecken Sie mich hinter Gitter. Dann haben Sie ihren Job mal wieder perfekt erledigt und können von der Öffentlichkeit gefeiert werden - die einzige Frage, die sich mir dann stellen würde, wäre nur die, ob sie ein ruhiges Gewissen hätten, wenn Sie den falschen verknackt hätten.«

Er ließ seine Faust auf den Tisch knallen, woraufhin Bailey ruckartig aufstand.

»Setzen Sie sich wieder, ansonsten sehe ich mich dazu gezwungen, Ihnen Handschellen anzulegen. Und das wird dann alles andere als angenehm.«

Raphael hob eine Augenbraue, und zögerte einen Moment. Für einen Augenblick wirkte es für Bailey so, als würde der Mann das riskieren wollen, ehe er sich wieder setzte und seine Arme vor der Brust verschränkte. Irgendetwas an dem Bild, was er abgab, hatte etwas von einem bockigen Kind, welches seinen Willen nicht bekam.

»Reden Sie mit mir über den Keller, den mein Kollege gerade durchsucht.«

Bailey versuchte es nun mit einem ruhigen Ton, und hoffte, dass dieser die richtigen Knöpfe und Hebel in den Hirnwindungen von Raphael Keller lösen würde.

»Was befindet sich dort, weshalb sie auf keinen Fall einen Fuß dort hineinsetzen wollen?«

Raphael hielt dem Blickkontakt einen Moment lang stand, ehe er seinen Kopf in Richtung Tischplatte senkte. Irgendetwas schien in diesem Moment in seinem Kopf passiert zu sein – etwas, dass Bailey augenblicklich die Hoffnung darauf gab, nun etwas zu hören, was ihnen weiterhelfen würde.

»Okay, wir können darüber reden, obwohl ich mit mir selbst eigentlich beschlossen hatte, das nicht mehr zu tun.«

Er schluckte, schien sich regelrecht zusammenreißen zu müssen, bevor er weitersprach.

»Dort unten lauert der Tod.«

»Wie meinen Sie das?«

Die Tonlage, die Raphael Kellers Stimme angenommen hatte, sorgte dafür, dass Bailey unweigerlich eine Gänsehaut bekam.

»Officer, ich weiß, dass Sie mich für lächerlich halten, wenn ich Ihnen die Wahrheit darüber erzähle, deshalb möchte ich gar nicht lange ausholen, sondern mich bloß auf das Notwendigste beschränken. Dort unten befindet sich eine Mumie.«

Seine Worte schwebten einen Moment lang in der Luft herum, waren für Bailey jedoch absolut nicht greifbar. *Eine Mumie? Im Keller eines abgelegenen Ferienhauses?* Da er der Aussage des Mannes jedoch nicht grundlegend mit Skepsis gegenübertreten, sondern selbigem auch die Chance geben wollte, das Ganze weiter auszuführen, sagte er:

»Erzählen Sie mir mehr darüber.«

Raphael Keller gab nun die abwehrende Haltung, die er durch das Verschränken seiner Arme eingenommen hatte, auf, und begann damit, seine Hände auf der Tischplatte ineinander zu falten. Es war dem Mann gut anzusehen, dass er verdammt nervös war, was bedeutete, dass es nun auf jedes einzelne Wort innerhalb der Vernehmung ankommen würde.

»Ich weiß nicht, ob es was bringt, Ihnen zu erzählen, dass eine mordende Mumie durch den Keller und die nahegelegenen Wälder streift. Doch Officer, ich weiß, was ich mit meinen eigenen Augen gesehen habe. Wenn Sie Ihre Kollegen nicht daran hindern, in den Raum, den ich extra abgeschlossen habe, zu gehen, dann wird ein Unglück passieren.«

Bailey ließ die Worte einen Moment lang wirken. Raphael Keller verzog während der folgenden Sekunden nicht ein einziges Mal die Miene. *Er ist von seiner Version der Geschichte komplett überzeugt und glaubt scheinbar tatsächlich, dass dort unten eine Mumie umhergeistert.*

»Sie werden sich mit Sicherheit denken können, wie sich das Ganze für mich anhört.«

Bailey wählte nun wieder einen ruhigen, aber eindringlichen Ton.

»Ja, das hatte ich ja bereits gesagt. Aber Sie können mir wirklich glauben.«

Er hob beschwichtigend die Hände in die Luft.

»Ich weiß, dass ich mich durch mehrere Dinge extrem verdächtig gemacht habe. Aber ich habe keiner Fliege was zuleide getan - bis auf die Sache mit Noah, bei der ich jedoch nichts bereue.«

156

Bailey wusste nicht im Ansatz, worüber sein Gegenüber redete, und stempelte das daher erst einmal als unwichtig ab. *Wird vermutlich was gewesen sein, was er mit Rick besprochen hat.* Er warf unauffällig einen Blick auf die Uhr, die er am Handgelenk trug. Es war erst fünf Minuten her, dass er den Platz seines Kollegen eingenommen hatte, doch es kam ihm aus welchen Gründen auch immer wie eine Ewigkeit vor. *Irgendetwas muss an der Geschichte dran sein, die Raphael Keller mir eben aufgetischt hat. Es wird sich zwar mit Sicherheit nicht um eine Mumie handeln, doch irgendetwas muss da unten sein - sonst hätte er sich ja nicht so vehement geweigert, den Raum erneut aufzusuchen.* Bailey malte sich in diesem Moment die abenteuerlichsten Szenen aus - in seinem Kopf spukten verschiedenste Bilder umher, die alle jedoch nur bedingt Sinn ergaben. Von einer Leichen- über eine Schatzkammer bis eben hin zu einer realen, untoten Mumie war alles dabei.

»Sie müssen mir wirklich die Wahrheit erzählen, da alles, was sie jetzt sagen, im Nachhinein gegen Sie verwendet werden kann.«

»Okay, okay.«

Raphael legte eine Pause ein.

»Was sagen Sie denn hierzu?«

Er stand erneut auf, dieses Mal jedoch langsam und nicht ruckartig. Sein dreckiges T-Shirt hatte auf Höhe seiner Schultern einen tiefen Riss.

»Vermutlich Kratzspuren eines wilden Tieres. Haben Sie mit einem Wildschwein gekämpft?«

»Ein Wildschwein? Kommen Sie schon, Officer, aber das kann doch nicht Ihr Ernst sein.«

»Sie haben mir nicht zu erzählen, was ich ernst meine, und was nicht.«

Bailey ließ seine Faust auf die Tischplatte knallen. Er hatte nicht länger Lust dazu, sich auf das Spiel von seinem Gegenüber einzulassen, und wollte das nun auch zum Ausdruck bringen. Raphael zuckte leicht zusammen und meinte:

»Dann hören Sie auf, so etwas zu sagen. Das war kein verdammtes Wildschwein, sondern die Mumie.«

»Schluss jetzt.«

Bailey hatte genug von dem Gespräch, welches immer in dieselbe Richtung zu laufen schien. *Hätte er mir wenigstens glaubhaft versichert, dass er unschuldig ist, wäre alles in Ordnung gewesen - aber seine eigenen Taten in die Schuhe einer Mumie zu schieben, das ist wirklich zu viel.* Er hatte seine Entscheidung nun getroffen - und wollte keine weitere Sekunde zögern.

»Ich muss Sie wegen dringendem Tatverdacht festnehmen.« Er griff an seinen Gürtel, an dem Handschellen befestigt waren, und zog selbige nach vorne.

»Hände nach vorne.«

Raphael Keller zog eine Augenbraue nach oben, ehe er den Befehlen folgte.

»Wenn das Ihr Gewissen erleichtert, Officer.«

Bailey ließ die Schellen um die Handgelenke seines Gegenübers klicken, ehe er den Schlüssel dazu in der Brusttasche seiner Uniform verstaute.

»Haben Sie noch irgendetwas vorzubringen, was uns auf die Spur der vermissten Personen bringt?«

»Mit Ihnen rede ich kein Wort mehr. Ich möchte wieder mit Ihrem Kollegen sprechen. Der besitzt wenigstens das nötige Taktgefühl. Sie kommen mir vor wie das typische Klischee eines Filmpolizisten. Von Rache und Sturheit getrieben, sind Sie nun in Begriff, denselben Fehler zu machen, den schon einige Ihrer Kollegen zuvor gemacht haben. Ich bin unschuldig.«

Er schlug mit seinen verbundenen Händen auf den Tisch. Das Klackern des Metalls auf der Tischplatte war vermutlich noch in den angrenzenden Räumen zu hören. Bailey überlegte derweil, wie er weiter mit dem Mann umgehen konnte - ehe sein Telefon zu klingeln begann.

»Officer Douglas Bailey.«

»Bailey? Hier spricht Detective Gates.«

Bailey wurde bei der Stimme seines Vorgesetzten, Logan Gates, hellhörig.

»Mr. Gates? Wie kann ich Ihnen behilflich sein?«

Es war durchaus verwunderlich, dass Detective Gates sich ein weiteres Mal meldete - es musste einen triftigen Grund dafür geben.

»Die Kollegen von der Streife haben mir eben mitgeteilt, dass sie einen Leichnam in der Nähe eines Flusses gefunden haben.«

Bailey spürte, wie seine Hände plötzlich schweißnass wurden.

»Gibt es irgendwelche Anzeichen darauf, dass er zu den vermissten Personen gehört?«

»Der Leichnam konnte noch nicht identifiziert werden. Es gab allerdings eine Auffälligkeit, die mir einer der Kollegen direkt nennen konnte.«

»Und worum handelt es sich da?«

Er hatte das Telefon in der Zwischenzeit auf laut gestellt, da Raphael Keller das Gespräch ebenfalls mit Interesse zu verfolgen schien.

»Die Kollegen haben auf den ersten Blick eine starke Verletzung der Kopfhaut feststellen können, die vermutlich durch einen spitzen Gegenstand herbeigeführt wurde.«

Im selben Moment, in dem Bailey versuchte, die Worte, die vom anderen Ende der Leitung an sein Ohr drangen, zu verarbeiten, zerriss ein Schuss, der aus dem Keller zu stammen schien, die Stille des gesamten Ferienhauses.

27

Die Luft im Inneren des Kellerraums schien mit jeder vergehenden Sekunde immer schlechter zu werden. Selbst in dem Raum, den sie nun betraten, schien es nahezu gar keine Luftzirkulation zu geben. Campbell hielt sich dicht an seinen Kollegen von der Spurensicherung, während er versuchte, in der Dunkelheit vor ihnen etwas zu erkennen. Je länger er das versuchte, desto deutlicher schälten sich Schemen heraus, die mehr und mehr zu sichtbaren Konturen zusammenwuchsen. Als Darren schließlich seine Stiftlampe in den Raum richtete, konnten sie auch sehen, um was es sich handelte. Der Raum, der zwar wie eine Abstellkammer anmutete, jedoch deutlich größer als eine solche war, war mit allerhand Krempel vollgestellt.

»Ist das ein Sarg?«

Campbell, der sich zunächst im hinteren Teil des Raumes aufgehalten hatte, hielt inne und sah sich das an, was Darren entdeckt zu haben schien.

»Sieht ganz danach aus. Aber was hat ein Sarg im Keller eines Ferienhauses zu suchen?«

»Keine Ahnung.«

Darren wandte sich ab und machte sich daran, das Objekt genauer zu untersuchen.

»Der Deckel ist mit einem Spannverschluss gesichert. Kannst du die Lampe mal bitte halten?«

Er reichte seine Stiftlampe an Campbell weiter, der diese entgegennahm und den schmalen Lichtkegel auf den Sarg richtete, auf den Darren weiterhin seinen vollen Fokus gelegt hatte. Campbell konnte sehen, dass sein Kollege nervös war - nicht nur an den zitternden Händen, sondern auch an der schweißnassen Stirn, die selbst im Schein des schwachen Lichtes zu erkennen war.

»Kann ich dir irgendwie helfen?«, fragte er daher ein paar Sekunden später, als er sah, dass sein Kollege den Spannverschluss nicht öffnen konnte.

»Irgendwie klemmt das Ganze gerade... gleich habe ich es!« Kurze Zeit später hatte er den Verschluss gelöst und den Deckel aufgeklappt. Aus dem Inneren schlug ihnen direkt der Geruch nach Verwesung entgegen, und dieser war so extrem, dass Campbell spürte, wie ihm die Galle im Hals aufstieg. Vor ihnen befand sich ein mumifizierter Körper, zumindest vermutete er das. Selbiger war fast komplett in dreckige Tücher eingehüllt - an einigen Stellen waren diese jedoch nur unsauber um den Leichnam gewickelt. Als Campbell seine Hand ausstreckte, um den Körper näher zu untersuchen, schoss plötzlich eine Faust aus selbigem hervor. Er schaffte es nicht mehr, sich rechtzeitig weg zu ducken, und spürte, wie der Schlag dafür sorgte, dass sein Kopf zu explodieren schien. Die Schmerzen, die unmittelbar nach dem Aufprall der Faust auf seiner Schädeldecke entstanden, waren so intensiv, wie er es noch nie zuvor erlebt hatte. Er sah alles um sich herum nur noch durch einen schwachen Dunst, und merkte, dass ihm die Lampe aus der Hand gefallen war. Die Kraft dazu, sie aufzuheben, hatte er allerdings in diesem Moment nicht. Alles um ihn herum drehte sich, und der Verwesungsgeruch schien sich immer noch weiter zu steigern, es war fast so, als hätte er ein Eigenleben entwickelt und würde seine ekelerregenden Finger nach ihm ausstrecken. Darren schien die Gefahr direkt erkannt zu haben, er griff nach der Waffe, die sich im Holster von Campbells Gürtel befand, und löste diese mit einem geschickten Griff davon. Der Körper, der zuvor reglos im Sarg gelegen hatte und bei dem Campbell davon ausgegangen war, dass es sich um eine mumifizierte Leiche handeln würde, erhob sich langsam. Darren hielt die Waffe derweil fest umgriffen und die Mündung auf den Körper gerichtet. Sein Zeigefinger hatte sich um den Abzug verkrampft, doch der Zustand, in dem er sich gerade befand, ließ nicht wirklich darauf schließen, dass er auch bereit dazu war, den entscheidenden Schuss zu setzen. *Er ist mit dem Nerven am Ende. Kein Wunder, solche Situationen kennt er ja auch nicht - der Job bei der Spurensicherung ist mit Sicherheit aufregend, direkt in Kontakt mit Mördern und Widersachern kommt er da allerdings nicht.* Campbell versuchte, sich aufzurichten und seinem Kollegen zur Hilfe zu eilen, doch er konnte sich nicht bewegen. Selbst, wenn er es versuchte, bremste ihn der Schmerz jedes Mal aufs Neue aus, weshalb er es wenige Sekunden später aufgab.

»Schieß!«, stöhnte er daher nur, hatte jedoch die Vermutung, dass es die Worte nicht bis zu seinem Kollegen schaffen würden.

Und damit sollte er auch recht behalten, denn nichts in der Körpersprache von Darren ließ darauf schließen, dass er von dem Befehl Notiz genommen hatte. Die Mumie hatte sich derweil komplett aus dem Sarg erhoben und streckte ihre Finger nach der Waffe aus. Ohne, dass Darren den Abzug betätigen konnte, rutschte ihm die Waffe in Folge eines weiteren Schlages aus der Hand und fiel auf den Boden, nur wenige Zentimeter vor Campbell. Selbiger versuchte, seine Hand auszustrecken, doch das gelang ihm nicht so wirklich, weshalb er die Waffe nicht zu greifen bekam. Eine erneute Schmerzwelle brach daraufhin über ihm zusammen, und es fühlte sich dieses Mal so an, als

würde ihm jemand bei vollem Bewusstsein in den Kopf hinein-
bohren.

»Hilfe!«

Die Bewegungen der Mumie wirkten nun alles andere als ziel-
oder gar planlos, nein, sie ging recht koordiniert vor und schien
ihre Finger sogar nach der Waffe auszustrecken. In dem Moment, in dem sie das schließlich tat, hatte Campbell es geschafft,
wieder die Oberhand über sich selbst zu gewinnen und sich aufzurichten. Er streckte seine Hand ebenfalls nach der Waffe aus,
doch die Mumie war schneller. Sein Griff ging daher ins Leere,
woraufhin er erneut das Gleichgewicht verlor und mit seinem
Kopf gegen den Sargdeckel prallte. *Wenn du jetzt bewusstlos
wirst, dann ist das gleichbedeutend mit deinem Tod.* Er schaffte
es daraufhin tatsächlich, nochmal alles aus sich rauszuholen und
sich aufzurichten. Der Gedanke daran, dass auch nur eine einzige Sekunde lang Unachtsamkeit dazu führen konnte, dass er
sein Leben verlieren würde, sorgte dafür, dass er seine Reserven
aktivieren konnte. Die mumienhafte Gestalt war nicht an allen
Bereichen des Körpers in die dreckigen Verbände gehüllt, was
dafür sorgte, dass Campbell im Licht der Stiftlampe, die er wieder an sich genommen hatte, sehen konnte, dass er mit seiner
ersten Vermutung unrecht gehabt hatte. *Das ist keine mumifizierte Leiche. Das ist ein Mensch, und tot sieht der auch ganz
und gar nicht aus.* Als ihm das bewusst wurde, startete er einen
weiteren Versuch, um ihrem Widersacher die Waffe aus der
Hand zu schlagen, doch er scheiterte erneut - und in Folge dessen hallte ein ohrenbetäubend lauter Schuss durch den Keller,
der von einem letzten, erstickten Schrei seines Kollegen begleitet wurde.

28

Als Noah die Augen wieder aufschlug, fiel es ihm zunächst schwer, sich zu orientieren. Er blinzelte, versuchte so, wieder einen klaren Blick zu bekommen - doch seine Sicht blieb verschwommen. Er erblickte direkt vor sich auf dem Boden den Radmutternschlüssel, woraufhin die Erinnerungen langsam wieder auf ihn einprasselten. Er blickte sich um, und erschrak, als er Zoe auf der Rückbank sah. Ihr Kopf wirkte merkwürdig verrenkt, und in ihren Augen stand ein leerer Ausdruck, in dem nicht mal mehr der Ansatz einer Spur Leben zu erkennen war. *Verdammt. Hat sie sich etwa bei dem Unfall das Genick gebrochen?* Die beiden Sitze auf der Vorderbank des Autos waren leer, was bedeutete, dass Laurin und Valentina das Wrack bereits verlassen hatten - scheinbar jedoch, ohne sich zu vergewissern, wie sein Zustand war. *Sie haben mich im Stich gelassen.* Er senkte seinen Blick in Richtung des Bodens und hob den Radmutternschlüssel auf. *Hat er etwa wirklich die Muttern gelöst, um den Unfall herbeizuführen?* Die Situation wirkte so verzwickt, dass es Noah in diesem Moment schwerfiel, eine Lösung des Ganzen zu finden. Erst jetzt bemerkte er, dass er eingeklemmt war, und versuchte, sich irgendwie zu befreien. Im zweiten Anlauf konnte er schließlich die Tür des Mietwagens aufstoßen und aus dem verunfallten Auto klettern. Er ließ seinen Blick kurz schweifen, und erkannte in der Ferne die Serpentinenstraße einige Meter über seinem Kopf. Die Sonne knallte hier in der Nähe des Flusses vom Himmel, und da es in unmittelbarer Umgebung keine Bäume oder Sträucher gab, hatte er nichts, worunter er Schutz suchen konnte. Er versteckte sich daher hinter dem Wrack des Mietwagens, aus dem noch immer Rauch aufstieg - ein Umstand, der wohl darauf deutete, dass der Unfall noch nicht allzu lange her gewesen war. *Wo sind die beiden nur hin?* Obwohl er sich nicht wirklich gut fühlte, zog er sich an der Rückseite des Autos hoch und suchte mit seinen Blicken die unmittelbare Umgebung ab. *Vielleicht muss ich dem Fluss einfach folgen. Die Frage ist nur, wohin mich das Wasser letzten Endes führt.* Genau das tat er schließlich nach kurzem Überlegen auch, und folgte dem Flusslauf bergab. Er versuchte, auf dem Boden Ausschau nach Spuren zu halten - doch da ein leichter Wind wehte, waren diese, falls es denn welche gegeben hatte und er auf dem richtigen Weg war, nicht mehr existent. *Bergab sollte ich allerdings auch ins Tal und somit in Richtung Zivilisation gelangen. Und Zivilisation bedeutet eben auch ein Krankenhaus.* Der Gedanke an das ursprüngliche Ziel, welches sie vor dem Aufbruch gehabt hatten, sorgte dafür, dass Noah noch nachdenklicher wurde. *Was ist nur mit Laurin während der Fahrt passiert?* Er konnte sich die ganze Situation nicht erklären, auch, wenn es definitiv Anzeichen dafür gegeben hatte, dass der Unfall von Anfang an geplant gewesen war. *Noch dazu ist es schon komisch, dass Zoe sich offenbar das Genick gebrochen hat – während ich noch nicht mal eine Kratzer abbekommen habe, mal zu schweigen von diesem dämlichen Radmutternschlüssel.* Ja, er war sich sicher, dass ihn das Werkzeug in die Bewusstlosigkeit getrieben hatte, immerhin hatte er den Schlüssel genau gegen die Stirn bekommen. *Laurin muss die Radmuttern gelöst haben, ansonsten wäre der Unfall als solches vermutlich nie passiert. Die Frage ist nur, warum er das getan hatte – immerhin setzte er damit nicht nur unsere, sondern auch sein Leben aufs Spiel.* Je weiter er sich voran wagte, desto anstrengender kam ihm der Weg vor. Die Tatsache, dass es stetig bergab ging, in Kombination mit der brütend heißen Sonne und seinem schlechten Zustand, schlug ihm ziemlich aufs Gemüt. Er kam daher nicht so schnell voran, wie er es sich gewünscht hatte, nahm das jedoch in Kauf. Schon bald hatte er eine Stelle erreicht, von der aus er den verunfallten Mietwagen nicht mehr sehen konnte. Der Fluss hingegen war sein stetiger Begleiter, das Wasser führte ihn immer tiefer und vor allem in bewaldete Gegend. In der Nähe einer kleinen Lichtung legte er eine weitere Pause ein, da er spürte, dass er sich nicht mehr komplett auf den Weg konzentrieren konnte. Sein Herz schlug wie wild in seiner Brust und der Schweiß lief ihm in Bächen über den Körper, während sich seine Kopfverletzung durch ein regelmäßiges Wummern bemerkbar machte. Der Verband um seine Wunde herum war schon komplett durchnässt, weshalb er sich dazu entschied, ihn abzunehmen. Der Blutfluss war schon längst versiegt, der Schmerz jedoch noch lange nicht vergangen. Zum Glück war selbiger allerdings erträglich geworden, zumindest meistens. Er hatte sich gerade zurückgelehnt, die Augen geschlossen und entspannt, als er plötzlich eine bekannte Stimme in seinem Rücken vernahm.

»Noah?«

Er wusste direkt, wer ihn gerufen hatte – und drehte sich um.

»Valentina?«

»Meine Güte, bin ich froh, dass du lebst.«

Sie kam auf ihn zugestürmt und nahm ihn in die Arme. Noah konnte das Gefühl, welches sich daraufhin in seinem Inneren breitmachte, nicht direkt zuordnen, schob es allerdings eher darauf, dass ihn das Ganze überrascht hatte. *Verdammt. Valentina! Hatte ich mir so etwas nicht immer schonmal gewünscht?* Die

Szene wirkte so, als würde sie mitten aus einem wunderschönen Film stammen – und die Begleitumstände des Unfalls, die ihn zuvor noch stutzig gemacht hatten, waren mit einem Mal nicht mehr existent.

»Ich bin auch froh, dich zu sehen, aber was machst du hier?«

Sie löste sich von ihm und sah ihn daraufhin an.

»Ich bin geflüchtet. Laurin... er hat den Unfall mit Absicht gemacht.«

Ihre Stimme zitterte.

»Er hat uns alle im Wagen zurückgelassen, und ich dachte, dass Zoe und du tot wärt. Zudem musste ich das Wrack einfach verlassen, da ich Angst hatte, dass er zurückkommen würde.«

»Warum macht er das alles?«

Valentina zuckte mit den Schultern.

»Ich weiß es nicht. Es ist nur... grausam.«

Noah begann plötzlich an Valentinas Verhalten vor dem Unfall zu denken. *Sie hat alles, was Laurin gesagt hat, immer stillschweigend hingenommen. Sie muss doch irgendetwas wissen!* Er befand sich erneut in einer Zwickmühle, die ihm in diesem Moment äußerst unangenehm war. Einerseits wollte er der Frau, in die er schon seit langer Zeit verliebt war, nicht grundlegend misstrauen – andererseits wollte er allerdings auch nicht in sein Verderben laufen. Er musste daher eine Entscheidung treffen, was er wenige Sekunden später auch getan hatte.

»Okay. Hast du eine Ahnung, was wir jetzt machen sollen?«

»Ich denke, wir sollten dich erstmal ins Krankenhaus bringen. Der Weg bis ins Tal ist zwar noch weit, doch es sollte möglich sein, die Strecke zu Fuß zurückzulegen. Und danach müssen wir zur Polizeiwache und den Vorfall melden.«

Irgendetwas an ihrer Stimme verunsicherte ihn, er wusste jedoch nicht, was das war. Ihr Unterton klang relativ normal, und auch ihre Mimik passte zu dem, was sie sagte.

»Dann lass uns mal los«, keuchte Noah, obwohl er alles andere als bereit war.

Die Tatsache, dass Laurin sich theoretisch überall aufhalten und somit auch direkt in ihrer Nähe sein konnte, beunruhigte ihn zutiefst, weshalb es für ihn gar nicht in Frage kam, noch weitere Zeit zu vergeuden.

Sie setzten ihren Weg daraufhin fort. Selbiger führte weiter durch den Wald, was Noah sehr entgegenkam – denn das Blätterdach über ihren Köpfen sorgte dafür, dass ein Großteil der Sonnenstrahlen gar nicht erst bis auf den Boden gelangen konnte, was auch bedeutete, dass es deutlich angenehmer war. Das Rauschen des Flusses, obwohl sie ihn im Moment nicht sehen konnten, war die gesamte Zeit über omnipräsent, was Noah zeigte, dass sie weiterhin auf dem richtigen Weg waren. Irgendwie gefiel es ihm jedoch nicht, dass zwischen Valentina und ihm diese unangenehme Stille herrschte, weshalb er versuchte, ein Gespräch zu starten.

»Hast du dich bei dem Unfall verletzt?«

Valentina nickte.

»Ja, ich glaube, dass ich eine Gehirnerschütterung erlitten habe. Ansonsten habe ich wohl Glück gehabt.«

Sie senkte plötzlich ihren Kopf und wich seinen Blicken aus. Noah hätte Valentina in diesem Moment zu gerne in die Augen geschaut, doch genau das ließ sie nicht zu.

»Wir werden irgendwann auch zum Ferienhaus zurückkehren müssen, denn Raphael und Malea warten dort auf uns. Ich würde sie gerne benachrichtigen, doch ich habe mein Handy vergessen.«

Noah tastete seine Hosentaschen ab und zog eine Augenbraue hoch. Er war der festen Überzeugung gewesen, sein Mobiltelefon eingesteckt zu haben – doch jetzt waren seine Taschen leer. Als er seine Hände über den Stoff fahren ließ, merkte er jedoch, dass dieser auf der rechten Seite aufgeschnitten worden war.

»Das wird wohl Laurin gewesen sein. Mein Handy ist nicht mehr da.«

»Verdammt, das ist nicht gut. Dann müssen wir wohl einfach weitergehen. Eine andere Wahl haben wir nicht, wenn wir die anderen nicht benachrichtigen können.«

Valentina klang nachdenklich. Sie schien gerade irgendetwas genauestens zu durchdenken und wirkte auf eine gewisse Art und Weise abwesend.

»Lass uns in Richtung Wasser. Am Fluss haben wir einen groben Anhaltspunkt, wohin uns der Weg führt.«

Noah fand Valentinas Vorschlag in Ordnung und folgte ihr daher. Sie hielten sich in unmittelbarer Nähe des Ufers, und Noah wagte es sogar, seine Schuhe und Socken auszuziehen und seine Füße ins Wasser zu tauchen. Das frische, kalte Gebirgswasser sorgte dafür, dass die Lebensgeister vom neuen in seinem Körper zurückkehrten, und er seine Schmerzen und die prekäre Situation sogar für einen Moment vergessen konnte. Valentina tat es ihm schließlich kurz darauf gleich und stellte sich neben ihm ins Wasser.

»Fast schon paradiesisch schön, oder nicht?«, flüsterte Valentina ihm ins Ohr, woraufhin Noah eine Gänsehaut bekam. Noch dazu entstand ein Kribbeln in seinem Bauch, welches er schon lange nicht mehr erlebt hatte.

»Oh ja. Wenn wir jetzt noch in Sicherheit wären...«

»Das sind wir doch. Hier sind wir vollkommen allein.«

Sie ließ ihre Finger langsam und zärtlich über sein Gesicht gleiten, ehe sie es schließlich in beide Hände nahm und ihm einen Kuss auf die Lippen drückte. Mit so etwas hatte er zum jetzigen Zeitpunkt definitiv nicht gerechnet, einfach, weil ihm die Situation derart unpassend schien, was jedoch nicht bedeutete, dass es sich nicht gut anfühlte – ganz im Gegenteil. *Gibt es für so etwas eigentlich eine passende Situation?* Er schlang seine beiden Arme um die Hüften von Valentina und zog sie näher an sich heran. *Das hast du dir doch die gesamte Zeit über gewünscht.* Es fühlte sich wie ein niemals endender Traum an, und sie machte gar keine Anstalten, sich von ihm zu lösen. Alle negativen Gedanken rückten für den Moment in den Hintergrund, er schaffte es, sie einfach so auszublenden – ehe er plötzlich spürte, wie etwas Spitzes in seine Haut eindrang. Er versuchte, sich aus der Umklammerung von Valentina zu lösen, doch sie ließ nicht locker, weshalb ihm das nicht gelang. Er schrie auf, doch sein Schrei wurde durch ihre Lippen, die sie noch immer auf seine gepresst hatte, gedämpft. Das Letzte, was er spürte, war, wie der spitze Gegenstand die Haut seines Halses komplett aufriss, und sein Mund daraufhin mit Blut geflutet wurde. Den Bruchteil einer Sekunde später hatte er bereits endgültig sein Bewusstsein verloren.

29

»Gute Arbeit.«

Laurin half Valentina dabei, Noahs leblosen Körper von sich abzustoßen. Er landete mit einem lauten Platschen im Fluss und wurde augenblicklich von der Strömung, die zwar nicht stark, aber beständig war, davongetragen.

»Danke.«

Valentina spürte, wie ein Kloß in ihrem Hals entstand, den sie einfach nicht loswerden konnte. Sie senkte ihren Blick in Richtung Boden und merkte, wie ihr die Tränen in den Augen aufstiegen. Sie fühlte sich schmutzig, was nicht nur an dem Umstand lag, dass ihr Noahs Blut am gesamten Körper klebte. Nein, hauptsächlich fühlte sie sich so, weil sie das alles einfach so zugelassen hatte. *Ich kann das einfach nicht mehr. Geld hin oder her, irgendwann ist Schluss – ich hätte schon früher aussteigen sollen. Er ist einfach viel zu weit gegangen, und ich stecke genau so tief in der Scheiße, wie er eben auch.*

»Ich glaube, du bist zu weit gegangen.«

Sie erschrak sich selbst über die Worte, die einfach so aus ihr herausprudelten. In dem Moment, in dem sie das Ganze am liebsten rückgängig gemacht hätte, war es bereits zu spät - denn da schwebte das Gesagte bereits wie ein Damoklesschwert in der Luft. Laurin zog als Reaktion bloß ein paar Sekunden später eine Augenbraue hoch.

»Zuvor hat dir das aber rein gar nichts ausgemacht, solange du das Geld bekommen hast.«

»Ich möchte dein dreckiges Geld nicht haben.«

Sie wusste nicht, wo sie plötzlich den Mut herholte, ihm diese

Worte gegen den Kopf zu schleudern. Vermutlich entsprang das alles der Tatsache, dass ihr bewusst geworden war, dass ihr Leben vorbei war. *Das Ganze ist wirklich unverzeihlich.* Sie konnte ihre Tränen nun nicht mehr zurückhalten, und ließ diese daher einfach laufen. Es irritierte sie zwar, dass Laurin sie kurz darauf umarmte, doch sie hatte in diesem Moment einfach nicht die Kraft, sich aus der Umarmung zu lösen. *Vielleicht sollte ich doch einfach weiterhin mitspielen. Wobei nie die Rede davon war, dass irgendjemand sein Leben lassen wird.* Sie erschrak, als ihr klar wurde, dass genau das soeben passiert war - nämlich in zweifacher Hinsicht. Nachdem sie sich aus dem Wrack des verunfallten Mietwagens befreit hatten, war alles genauestens durchgetaktet gewesen. Laurin hatte Zoe vorgespielt, ihr von der Rückbank zu helfen - und in dem Moment, in dem er ihr das Genick gebrochen und ihren Körper einfach dort zurückgelassen hatte, war Valentina klar geworden, dass alles ganz und gar nicht nach Plan verlaufen war. *Er wollte sich ursprünglich mit Zoe zerstreiten, damit sie diejenige ist, die den ersten Schritt macht, und sich von ihm trennt - das ist jedoch in dem Moment gescheitert, in dem er während der Pause vorgegaukelt hatte, den Reifendruck zu kontrollieren - wobei er da eigentlich die Radmuttern gelöst hatte, ein Umstand, den er mir auch erst nach dem Unfall verraten hatte.* Valentina schüttelte innerlich den Kopf. Sie war sich sicher, dass sie niemals eingewilligt hätte, wenn ihr die Konsequenzen, ja, besser gesagt der gigantische Rattenschwanz, den die Situation hinter sich herzog, bewusst gewesen wäre. Sie hatte den Plan, Noah in die Falle zu locken und dafür zu sorgen, dass seine Leiche vom Fluss fortgespült werden würde, daher billigend in Kauf genommen, da sie gewusst hatte, dass sie keine andere Wahl gehabt hatte. Laurin hatte sie die gesamte Zeit über beobachtet und sich immer in der Nähe befunden, ehe er dann ohne zu zögern zugeschlagen und Noah die Kehle durchgeschnitten hatte.

»Du hast doch schon alles bekommen. Ein Rückzieher ist jetzt nicht mehr möglich.«

Laurin sprach ruhig und versuchte, absolut emotionslos zu klingen. Dass das jedoch nicht der Fall war und er auch noch einen Funken Menschlichkeit hinter der Fassade, die er sich eine Zeit lang aufgebaut hatte, besaß, zeigte sich, als sich sein Gesicht erneut veränderte.

»Wir sind fürs erste fertig. Jetzt haben wir nur noch eine Aufgabe.«

»Welche denn?«

»Wir müssen Malea beseitigen.«

Valentina schwirrte der Kopf, als Laurin den Namen ihrer besten Freundin in den Mund nahm.

»So war das aber niemals abgesprochen«, entgegnete sie mit zitternder Stimme.

»Wir hatten besprochen, dass es sein kann, dass wir von unserem ursprünglichen Plan abweichen müssen.«

Laurin legte eine kurze Pause ein und musterte sie von Kopf bis Fuß.

»Das Kleid steht dir übrigens hervorragend.«

Normalerweise hätte seine Aussage sie geschmeichelt, doch zum jetzigen Zeitpunkt empfand sie daraufhin nichts als pure Angst. *Er weiß genau, dass das Kleid verdammt teuer war und ich es mir von dem Geld gekauft hatte, mit dem er mich bezahlt hatte.* Sie versuchte, ihre Unsicherheit irgendwie zu überdecken, hatte jedoch nicht das Gefühl, dass ihr das auch gelang.

»Danke«, murmelte sie.

»Aber ich bin trotzdem nicht bereit, den weiteren Weg mit dir zu gehen. Ich habe wirklich lange Verständnis für deine Situation aufbringen können - dass du aus deiner Scheinbeziehung mit Zoe unbedingt raus wolltest, konnte ich ebenfalls verstehen. Aber es gibt doch eine andere Lösung, als diese Morde zu begehen, sie Raphael in die Schuhe zu schieben und einfach unterzutauchen.«

Laurin fixierte sie daraufhin mit einem strengen Blick. Valentina schaffte es dieses Mal jedoch, den Blickkontakt bis zum Ende aufrechtzuerhalten.

»Deine Skepsis wundert mich. Zuvor hast du doch auch nichts hinterfragt.«

»Ich habe nichts hinterfragt, weil es darum ging, dir ein neues Leben zu verschaffen. Nicht darum, einen nach dem anderen aus meinem Freundeskreis abzuschlachten und die Morde einer psychisch instabilen Person in die Schuhe zu schieben!«

In diesem Moment ärgerte sie sich enorm darüber, dass sie den Weg bis hierhin mitgegangen war. Zu dem Ärger gesellte sich auch kurz darauf die Angst, weshalb es ihr schwerfiel, das komplett zu verdecken und sich ihre Maske wieder aufzusetzen.

»Es reicht einfach, Laurin. Der Mord an Noah hat wirklich das Fass zum Überlaufen gebracht. Wohin soll das Ganze denn bitte noch führen?«

Sie schrie ihm ihre letzten Worte voller Wut, Verzweiflung und Trauer entgegen. Nein, sie hatte Noah ganz gewiss nicht gemocht, doch den Tod verdient hatte er dadurch noch lange nicht.

Laurin ist ein Monster. Ich muss dafür sorgen, dass er seine gerechte Strafe bekommt - auch, wenn das bedeutet, dass ich ebenfalls ins Gefängnis muss. Sie schluckte. Um eine langjährige Haftstrafe würde auch sie als Mittäterin nicht herumkommen, denn Laurin hatte sie keineswegs erpresst oder bedroht - nein, sie hatte das alles aus freien Stücken getan, und das Geld, was sie damit verdient hatte, dass sie ihm geholfen hatte, hatte ihr die Sicht komplett vernebelt.

»Das Ganze soll dahin führen, dass ich mein Leben in Frieden führen kann und nicht unter ständigem Druck stehe, dies oder jenes unbedingt machen zu müssen, weil es von mir erwartet wird. Meine Eltern hätten mir die Hölle heiß gemacht, wenn ich die Beziehung zu Zoe beendet und die Hochzeit somit verhindert hätte. Auf Liebe oder andere Dinge kommt es in den Kreisen, in den sie verkehren, nicht an - es geht einzig und allein um das Image.«

»Und die Morde sollen dein Image verbessern?«

»Es werden schon bald Morde sein, die ich nicht begangen habe, sondern Raphael. Weißt du, die Tatsache, dass er Noah angegriffen und verletzt hat, macht ihn erst einmal tatverdächtig. Noch dazu der verunfallte Mietwagen und die Leiche von Noah, die in ein paar Tagen irgendwo angespült wird. Mein Plan ist wirklich perfekt durchdacht, und du hast deine Rolle auch mehr als gut ausgeführt.«

»Du bist krank.«

Mehr Worte brachte Valentina nicht zustande, da der Kloß in ihrem Hals schließlich so groß geworden war, dass er ihr die Luft zum Atmen und die Kraft zum Sprechen nahm. Sie wollte sich gerade ein paar Schritte von Laurin entfernen, als sie plötzlich seinen festen Griff an ihrem Oberteil spürte.

»Bleib bei mir. Ansonsten muss ich meinen Plan ändern.«

»Wie meinst du das?«

Sie konnte die Angst in ihrer Stimme nun nicht mehr zurückhalten.

»Du stellst eine potenzielle Gefahr dar, wenn du dich gegen mein Vorhaben stellst. Du hattest mir von Anfang an zugesichert, dass du mir den Rücken freihältst, egal, was auch passiert.«

»Aber doch nicht, sobald das zu Morden führt. So etwas war nie abgesprochen.«

»Denkst du wirklich, ich gebe dir so viel Geld, wenn es nur darum geht, meine Beziehung zu Zoe zu zerstören? Dann bist du aber ziemlich naiv.«

Laurins Stimme klang durchgehend bedrohlich.

»Das hätte ich auch schon alleine geschafft - irgendwie, vermutlich. Nun, es war von Anfang an nicht mein direktes Ziel, auch nur einen einzigen zu töten, aber die Schlinge hat sich am Ende so fest um meinen Hals zusammengezogen, dass ich sie nur so wieder lockern konnte. Solltest du mir also jetzt in den Rücken fallen, ist nicht nur mein Kopf ab, sondern auch deiner.«

Laurin hielt seinen Blick zu Boden gesenkt, während er die Worte sprach. Offenbar konnte er nicht die Kraft aufbringen, die er benötigte, um ihr in die Augen zu schauen. *Er zeigt Schwäche. Vielleicht ist das die einzige Chance, die ich habe.*

»Laurin, nun denk doch einmal nach. Dein Leben wird nicht mehr das Gleiche sein, wie zuvor. Du wirst für immer auf der Flucht sein müssen und mit dem Gedanken Leben müssen, jetzt schon zwei Menschenleben auf dem Gewissen zu haben.«

»Mir war von Anfang an klar, dass dieser Schritt mein Leben nachhaltig verändern würde.«

Er sprach die Worte extrem langsam aus, und legte eine längere Pause ein, ehe er schließlich weitersprach.

»Doch, weißt du… manchmal muss man eben gewisse Risiken eingehen. Was wäre das Leben schon ohne den gewissen Reiz, verbotene Dinge zu tun? Extrem langweilig, wenn du mich fragst.«

Nach Abschluss seines kurzen Monologs hob er seinen Kopf und sah Valentina an. In seinen glasigen Augen stand ein Ausdruck puren Wahnsinns. Als Valentina ihren Blick etwas in Richtung Boden senkte, sah sie, dass er das Heft des Jagdmessers weiterhin fest umklammert hielt, woraufhin ihr ein kalter Schock durch den Körper jagte. Auf der Klinge klebte Noahs Blut, und die einzelnen Sonnenstrahlen, die bis auf den Waldboden hervordrangen, sorgten dafür, dass es auf eine fast schon mysteriöse Art rot funkelte.

»Nimm das Messer runter.«

Die Worte blieben ihr fast im Hals stecken, weshalb sie einiges an Kraft und Mühe aufwenden musste, sie überhaupt auszusprechen. Dabei entstand jedoch nur ein leises, vermutlich kaum hörbares Krächzen.

»Ich mache das nicht gerne, Valentina, aber ich habe keine andere Wahl. Du hast mir wirklich gut weitergeholfen, und ich finde es enttäuschend, dass du für den Rest der Zeit nicht mehr an meiner Seite sein möchtest.«

Seine Stimme klang auf eine skurrile Art und Weise fast ein wenig traurig, und er hob die Klinge des Messers in die Luft. Ohne noch ein weiteres Mal zu zögern, schoss seine rechte Hand nach vorne. Valentina hatte mit einer derart heftigen Reaktion nicht gerechnet, weshalb sie nicht mal im Ansatz eine Chance hatte, auszuweichen. Die Klinge bohrte sich in ihren Unterarm, und der glühende Schmerz breitete sich daraufhin wie ein Lauffeuer in ihrem gesamten Körper aus. Sie versuchte, das Gleichgewicht zu halten, schaffte das jedoch nicht, da Laurin sie zu Fall brachte. Er kniete sich mit seinem vollen Körpergewicht auf ih-

178

ren Bauch, woraufhin ihr die Luft augenblicklich wegblieb. »Du hättest mir nur weiter helfen müssen, dann wäre dir nichts passiert. Es ist sehr bedauerlich, dass unsere Freundschaft so enden muss.«

Valentina versuchte, sich mit all der Kraft, die sie in diesem Moment aufbieten konnte, gegen den drohenden Tod zu stemmen, doch sie schaffte es nicht einmal, ihren Kopf auch nur wenige Zentimeter zu heben. Seine Knie fixierten sie in dem etwa knöcheltiefen Wasser, und sie spürte, wie ihre Ohren schon wenige Sekunden später vollgelaufen waren, als sie ihre Bemühungen einstellte. Laurin riss nun die Klinge mit voller Kraft aus ihrem Unterarm, woraufhin sie laut aufschrie. Der Schrei wurde jedoch durch die linke Hand von Laurin, die er ihr auf den Mund gepresst hatte, gedämpft. Sie versuchte, ihre Zähne einzusetzen und ihm in die Handinnenfläche zu beißen, doch sie kam dort einfach nicht ran. Die Klinge schoss schließlich ein weiteres Mal nach unten und durchbrach die Haut ihres Unterleibs. Valentina spürte, wie warmes Blut über ihren Körper lief, ehe sie schließlich zu weinen begann. Laurin schien ihren Qualen noch nicht direkt ein Ende bereiten zu wollen, nein, es wirkte so, als hätte er Spaß dabei, ihren Körper auf möglichst grausame Art und Weise zu massakrieren - während sie bei vollem Bewusstsein war. Sie versuchte daher, alles um sich herum auszublenden, wo eben auch die Schmerzen zugehörten. *Gleich ist es vorbei.* Warme, salzige Tränen liefen über ihr Gesicht und vermischten sich mit dem eiskalten Wasser des Flusses. So etwas hätte ich ihm wirklich nie im Leben zugetraut. *Es kann doch einfach nicht sein, dass meine Menschenkenntnis derart versagt hat.* Doch offenbar war genau das der Fall gewesen. *In Laurin schien schon immer ein Monster geschlummert zu haben, er*

179

hatte womöglich nur auf den Tag gewartet, an dem ein derartiger Ausbruch erfolgen würde - mit dem dauerhaften Wissen, dass dies auf jeden Fall irgendwann passieren würde.

»Ich bin kein Monster«, sagte er, und es kam ihr in diesem Moment so vor, als würde er ihre Gedanken lesen können.

Sie war sich jedoch nicht sicher, ob er das überhaupt gesagt hatte - ihre Ohren waren mittlerweile komplett mit Wasser vollgelaufen, was ihren Hörsinn doch erheblich dämpfte. Noch dazu hatte sie das Gefühl, dass von überall verschiedenste Stimmen kommen würden, jedoch nur hinter ihrer Schädeldecke. *Ich halluziniere. Was kommt wohl als nächstes? Der direkte Eintritt in die Hölle?* Sie war zwar nicht besonders gläubig, aber sofern es Himmel oder Hölle geben sollte, würde sie in letzterer landen, dessen war sie sich absolut sicher. *Das, was ich heute zugelassen habe, ist unverzeihlich.* Und so fühlte sich das, was nun geschah, auch nicht falsch an für sie - ganz im Gegenteil. Sie stellte sogar ihre Gegenwehr ein, als sie sah, wie Laurin das Messer wegwarf und seine Hände um ihren Hals legte, um ihren Kopf so komplett unter Wasser drücken zu können. Sie blieb ganz ruhig liegen, während sie spürte, wie sowohl Nase als auch Mund mit dem eiskalten Wasser vollliefen.

»Mein Name wird niemals in irgendwelchen Akten oder Dokumenten der Polizei auftauchen, dessen kannst du dir sicher sein. Der Familienname Wiss wird nicht beschmutzt werden.«

Das war auch das Letzte, was sie von ihm hörte, ehe ihre Sinne langsam schwanden. Sie versuchte, sich bloß auf sich selbst zu konzentrieren, während ihre Lunge an ihre Leistungsgrenze gelangte. Wenige Sekunden später verschwand das helle Sonnenlicht um sie herum, und ihr Geist glitt aus ihrem Körper heraus in eine neue Dimension hinein - in tiefste Dunkelheit.

30

»Danke, Detective, ich melde mich bei Ihnen.«

Bailey beendete das Gespräch und erhob sich von seinem Stuhl.

»Tja, super, dann haben Sie ja jetzt bekommen, was sie wollen.«

Bailey war bereits kurz davor, in den Keller zu eilen, als er innehielt.

»Was meinen Sie?«

»Na, für die Verletzungen auf der Kopfhaut bin ich verantwortlich. Zumindest, wenn es sich bei dem gefundenen Leichnam um Noah Demuth handelt. Das soll aber keineswegs bedeuten, dass ich ihn getötet habe.«

Bailey hatte in diesem Moment weder die Zeit, noch die Nerven dafür, sich die Worte von Raphael anzuhören. Deshalb sagte er bloß:

»Kommen Sie mit in den Keller. Unverzüglich.«

»Ich hoffe, Ihr Kollege konnte mit dem Schuss die Mumie beseitigen. Oder das Wildschwein, wie sie eben wollen.«

Bailey nahm die unterschwellige Provokation zur Kenntnis, reagierte jedoch nicht darauf. Die Tatsache, dass es im Keller tatsächlich einen Schuss gegeben hatte, zeigte, dass dort definitiv nicht alles nach Plan verlaufen war. Zu seiner Überraschung stand Raphael tatsächlich auf und ließ sich in Richtung der Kellertür führen.

»Wenn Sie mir jetzt die Handschellen abnehmen, dann vergesse ich alles, was zuvor geschehen ist. Sie werden ja wohl hoffentlich zumindest den Gedanken mal ins Auge fassen, dass ich wirklich unschuldig sein könnte.«

Bailey gefiel das Ganze nicht wirklich, doch er entschied sich dazu, nachzugeben und die Schellen zu lösen. Der Tatverdacht hatte sich nicht zwingend erhärtet, auch, wenn er weiterhin fest davon überzeugt war, dass sein Gegenüber etwas mit dem Verschwinden seiner Freunde zu tun hatte – auf welche Art und Weise auch immer.

»Gehen Sie vor mir, ich werde Ihnen dicht auf den Fersen bleiben. Und vergessen Sie nicht, dass ich eine Waffe dabei habe, und nicht zögere, sie auch einzusetzen, wenn es drauf ankommen sollte.«

»Geht in Ordnung. Folgen Sie mir, auch, wenn mir nicht wirklich wohl dabei ist. Aber ich schätze mal, dass ich keine andere Wahl habe, richtig?«

»Richtig.«

Bailey folgte Raphael in den Keller und hielt seinen Blick dabei die gesamte Zeit über auf die Hände seines Begleiters gerichtet. Er betätigte beim Eintritt in den Keller den Lichtschalter, woraufhin jedoch nichts passierte.

»Der Strom funktioniert hier unten nicht gut, da immer mal wieder eine Sicherung rausfliegt. Sie müssen wohl mit Ihrer Taschenlampe Vorlieb nehmen, Officer.«

Bailey tastete seine Uniform ab, und fand besagte Taschenlampe kurze Zeit später. Als er sie betätigte, huschte augenblicklich ein weißgelber Lichtstrahl über die Wände, auf denen an einigen Stellen bereits der Putz abbröckelte. Da die Treppenstufen etwas uneben waren, konnten sie nicht so ein hohes Tempo an den Tag legen, wie sich Bailey das gewünscht hätte. Am Fuße der Treppe angekommen, taten sie das schließlich, und durchquerten zwei weitere Räume, ehe sie das Zimmer erreicht hatten, aus dem der Schuss gekommen war. Campbell kniete stöhnend auf dem Boden und fixierte die Hände des Mannes, der wie eine Mumie gekleidet war – und sich vehement dagegen wehrte. Bailey konnte erkennen, dass sein Kollege eine Platzwunde am Kopf hatte, weshalb er ihn zur Seite schob und den Job übernahm. Er konnte im Augenwinkel erkennen, dass Darren nicht so gut davongekommen war. Eine Kugel hatte sich durch seine Stirn gebohrt, und die Wand dahinter rot gesprenkelt. Es war offensichtlich, dass er nicht mehr am Leben war, doch das war ein Umstand, um den sich Bailey erst später kümmern würde.

»Das soll die Mumie sein?«, fragte er, nachdem er den Mann am Boden fixiert hatte.

»Nein, das ist definitiv nicht die Mumie, sondern nur eine billige Kopie.«

Raphael kniete sich neben dem eingewickelten Körper auf den Boden und versuchte, die Tücher, in die dieser an einigen Stellen gehüllt war, zu lösen. Als er das Gesicht freigelegt hatte, stöhnte er auf.

»Laurin? Was, zur Hölle, machst du hier?«

»Was ich hier mache? Eigentlich hatte ich vor, abzuwarten, bis der Trubel vorbei ist – um dann abzuhauen.«

Während der Mann mit zusammengebissenen Zähnen sprach, legte Bailey ihm die Handschellen an, die Raphael zuvor noch getragen hatte. Unmittelbar danach, als die Gefahr gebannt war, zog er ihn auf die Beine.

»Was ist mit der echten Mumie passiert?«, fragte Raphael, der die gesamte Situation und die Ausmaße, die selbige angenommen hatte, noch nicht ganz zu verstehen schien.

»Wovon bitte redest du?«

»Schluss jetzt«, unterbrach Bailey schließlich das Gespräch, da er nicht das Gefühl hatte, dass es sich in eine vernünftige Richtung entwickeln würde.

»Sie sind festgenommen, da Sie mindestens einen Mord begangen haben.«

»Insgesamt sind es vier«, murmelte Laurin, während er abgeführt wurde, und die Offenheit, die der Mann in diesem Moment an den Tag legte, verwunderte Bailey schon ein wenig. Campbell war derweil damit beschäftigt, den reglosen Körper von Darren zu untersuchen.

»Der Schuss hat ihn direkt getötet.«

Seine Stimme klang absolut emotionslos und leer, während Raphael ihm dabei half, auf die Beine zu gelangen.

»Danke, Mr. Keller.«

Campbell klopfte sich den Staub von der Hose.

»Verdammt, das war wirklich knapp. Wir waren viel zu unvorsichtig.«

»Wir sollten alles weitere oben besprechen«, meinte Bailey, und schob den Gefangenen vor sich her.

»Los.«

31

Fünf Minuten später hatten sie bereits das Wohnzimmer erreicht, und sich dort auf der Couch niedergelassen. Da Laurin Wiss jede Art der Gegenwehr eingestellt hatte und keine Anzeichen vorhanden waren, dass er es erneut versuchen würde, verzichteten Bailey und Campbell nach kurzer Absprache darauf, Verstärkung zu rufen. Das beruhte natürlich auch auf dem Punkt, dass sie sich außerhalb ihrer Dienstzeiten befanden, noch dazu war die nächste Dienststelle einfach zu weit weg, es würde viel zu lange dauern, bis weitere Officer das Ferienhaus erreicht haben würden. Campbell, der noch immer ziemlich angeschlagen war und ein stetiges Wummern hinter seiner Schädeldecke verspürte, überließ das Wort daher seinem Kollegen.

»Sie sind also Mr. Laurin Wiss, eine der Personen, die als vermisst galt. Ist das richtig?«

Laurin, dessen Hände noch immer mithilfe der Handschellen fixiert waren, nickte und verzog das Gesicht.

»Ja, das ist mein Name.«

»Sie sprachen davon, dass Sie vier Menschen umgebracht haben. Haben Sie dazu noch etwas zu sagen?«

»Ja, sehr viel tatsächlich. Ich weiß zwar nicht, ob es das besser machen würde, doch ich versuche nun zumindest mal, meine Beweggründe zu erläutern, bevor ich für eine lange Zeit hinter Gittern verschwinden werde.«

Die Stimme von Laurin klang relativ klar, was Campbell schon ein Stück weit verwunderte. Zudem wirkte der Mann nicht so, als würde er sich mit seinen Taten brüsten wollen – ganz im Gegenteil. Auf den ersten Blick schien er das, was er getan hatte,

185

als einzige Lösung gesehen zu haben, weshalb Campbell auf die Geschichte, die der Mann nun erzählen würde, gespannt war.

»Alles fing damit an, dass ich den Druck, den meine Eltern mir auferlegt hatten, irgendwann nicht mehr ertragen konnte. Sie sollten wissen, ich stand kurz davor, meine *Freundin* Zoe zu heiraten, und musste einfach einen Schlussstrich ziehen. Wissen Sie, in den Kreisen der Bankiersfamilien, in denen meine Familie verkehrt, gibt es dieses eindimensionale Bild der perfekten Ehe zwischen Mann und Frau. Mir waren von Anfang an die Hände gebunden, doch ich konnte für Zoe niemals Gefühle entwickeln und musste immer eine Maske aufsetzen – weil ich nämlich schwul bin.«

Laurin ließ die Worte einen Moment im Raum schweben, ehe er weitersprach. Campbell fiel dabei auf, dass er seinen Blick immer nur zwischen ihm und seinem Kollegen schweifen ließ – er wandte sich nicht ein einziges Mal an Raphael, der wie versteinert auf dem Sofa saß und zuhörte.

»Deshalb hatte ich noch vor Start des Trips eine Vereinbarung mit Valentina Häfliger, die ebenfalls zu der kleinen Reisegruppe gehörte, geschlossen. Wissen Sie... Valentina war eine verdammt hübsche Frau, die jedem den Kopf verdrehen konnte – bis auf mir, natürlich. Sie half mir also gegen Bezahlung dabei, Unruhe in die Gruppe zu bringen. Ich wusste schon von langem, dass Noah Demuth Gefühle für sie hatte, genau wie Raphael Keller, dem man das direkt angesehen hat.«

Die Tatsache, dass er über Raphael Keller so sprach, als wäre dieser gar nicht mit im Raum, verhieß Campbell nichts Gutes.

»Noch dazu wusste ich, was Zoe über Raphael und seine Vergangenheit in der Psychiatrie dachte. Ihre Denkweise, nämlich die, dass er eine tickende Zeitbombe sein könnte, teilte ich zwar, durfte dies aber nicht zeigen – ich musste mich dafür einsetzen, dass er mit auf den Trip kommt, damit ich meinen Plan verwirklichen kann. In diesem war er ein gar nicht mal unwichtiger Baustein. Also, Valentina und ich schafften es, Unruhe in der Gruppe zu säen, und einen Konflikt zwischen Raphael und Noah heraufzubeschwören, bei dem Raphael am Ende ja auch tatsächlich die Fassung verloren und zugeschlagen hat. Dafür reichte scheinbar schon aus, eine anstößige und beleidigende Zeichnung in seinem Koffer zu verstecken, was ich übernommen habe. Valentina kümmerte sich darum, sowohl mit ihm, als auch mit Noah anzubändeln, damit der Streit auch ausarten würde.«

»Du hast diese Zeichnung in meinen Koffer gepackt? Du mieses Schwein.«

Raphael richtete sich auf, wurde jedoch von Campbell zurückgehalten.

»Lassen Sie sich nicht provozieren. Er wird alles in seiner Macht Stehende tun, um Sie auf die Palme zu bringen.«

Raphael hielt kurz inne, ehe er den Worten von Officer Campbell Folge leistete. Bailey schien das alles nicht zu kümmern, er hatte sich wieder an Laurin gewandt und versuchte, das Verhör fortzusetzen.

»Der Plan war also in der Mache und er funktionierte anfangs wirklich prächtig. Aus dem Ruder gelaufen ist das Ganze erst, als wir mit dem Mietwagen in Richtung Krankenhaus gefahren sind.«

Er räusperte sich kurz, ehe er weitersprach.

»Dürfte ich ein Glas Wasser haben?«

Obwohl es Campbell widerstrebte, Laurin diesen Gefallen zu tun, sagte er:

»Ich bringe Ihnen eins.«

Er begab sich in die Küche, blieb dabei jedoch in Hörweite – was auch daran lag, dass sein Kollege einen lauten, eindringlichen Ton an den Tag legte.

»Erzählen Sie doch bitte, wie es weiterging.«

Das tat Laurin schließlich auch, jedoch erst, nachdem er einen Schluck Wasser genommen und das Glas auf dem Tisch abgestellt hatte.

»Ich hatte während der Fahrt irgendwie ein ungutes Gefühl. Da sich der Urlaub langsam wieder dem Ende neigte, wusste ich, dass ich irgendwann handeln musste, und ich sah darin dann perfekten Zeitpunkt, um das zu tun. Ich provozierte einen der vielen Streits mit Zoe, fand am Ende jedoch heraus, dass sie keineswegs daran interessiert war, sich von mir zu trennen. Aus Gründen, die meine Familie betreffen, konnte ich das eben nicht selbst in die Hand nehmen, also musste ich einen anderen Weg gehen. Im vollen Bewusstsein, dass ein Unfall auch meinen eigenen Tod herbeiführen können würde, begann ich schließlich, die Radmuttern vom rechten Hinterrad zu lösen, während ich den anderen vorgaukelte, dass ich den Luftdruck überprüfen würde.«

Campbell warf, während Laurin erzählte, Raphael einen heimlichen Blick zu, um zu schauen, was die Worte mit dem jungen Mann anrichteten. Seine Körpersprache verriet, dass es ihm schwerfiel, das, was gesagt worden war, zu verdauen – was Campbell absolut nachvollziehen konnte.

»Als der Wagen schließlich die Leitplanke durchbrach, hatte ich bereits mit meinem Leben abgeschlossen, doch der Aufprall war nicht besonders hart – wenn auch er aus dem Auto ein absolutes Wrack gemacht hatte. Entgegen meiner Erwartungen überlebten jedoch alle den Unfall, weshalb ich das Ganze schließlich auf eine andere Art und Weise angehen musste. Wissen Sie, ich hatte mir im Vornherein natürlich mehrere Pläne zurechtgelegt, die ich jedoch nur bedingt an Valentina weitergegeben hatte, weil ich nicht wollte, dass sie mich im Stich lässt. Und so musste ich schließlich Plan C ausführen, den Grausamsten auf meiner Liste. Ich hatte natürlich mehr als nur den Hintergedanken, einen Streit zwischen Zoe und mir zu provozieren, dabei, Raphael auf den Trip mitzunehmen. Grob gesagt war meine Idee, ihm die Morde, die ich im Stande war, zu begehen, in die Schuhe zu schieben. Denn mal ganz ehrlich, wer schenkt schon einem psychisch kranken Mann mit Aggressionsproblemen Glauben, wenn es darum geht, einen Mordfall aufzuklären?«

Campbell bereitete sich darauf vor, Raphael ein weiteres Mal zurückhalten zu müssen, doch der Mann regte sich nicht, sondern starrte seinen ehemaligen Freund bloß mit glasigen Augen an. Dieser vermied jedoch weiterhin jeglichen Blickkontakt.

»Wie ich sehe, hat er das ja auch getan, und mir somit ein wenig Arbeit abgenommen.«

»Wie meinen Sie das?«, fragte Bailey mit hochgezogener Augenbraue.

»Darauf komme ich gleich zu sprechen. Erst einmal fahre ich mit den Folgen des Unfalls fort. Während Noah Demuth bewusstlos war, kam es zu einer handfesten Auseinandersetzung mit Zoe, während derer ich ihr das Genick brach. Ich glaube, in diesem Moment hatte ich einen Großteil des Vertrauens von Valentina verloren, doch das war für mich erst einmal nebensächlich. Ich konnte ihre Angst dazu nutzen, sie zu überzeugen, mit mir zusammen auch Noah zu beseitigen, was wir dann später auch getan hatten. Danach hatte sie leider eine falsche Entscheidung getroffen, die sie mit ihrem Leben bezahlen musste – denn sie hatte sich gegen mich gewendet und war nicht mehr bereit dazu, meine Taten zu vertuschen. Ich habe sie also im Fluss ertränkt, nachdem ich ihr ein paar Stichwunden zugefügt hatte.«

»Und das alles wollten sie einem unschuldigen Mann in die Schuhe schieben?«

Da sein Kollege damit beschäftigt war, Notizen zu machen um das Verhör später dokumentieren zu können, übernahm Campbell das Wort.

»Unschuldig? Ach, hören Sie mir doch auf. Ich habe den abgetrennten Kopf von Malea Brunner im Keller gefunden, denken Sie etwa, der ist von alleine dort hingekommen?«

»Du brauchst gar nicht versuchen, mir jetzt etwas in die Schuhe schieben zu wollen.«

Raphael stieg erneut in das Verhör mit ein.

»Hat sich ihr Kopf etwa von selbst abgetrennt, oder was?«

Die Spannung, die in diesem Moment in der Luft lag, war nicht zu übersehen, und sie sorgte sogar dafür, dass Campbell sich unwohl fühlte.

»Diese Ermittlungen werden wir definitiv noch führen, aber dann, das kann ich Ihnen zusichern, werden Sie schon längst hinter Gittern sein. Stehen Sie auf und kommen Sie mit – wir sind hier fertig.«

Campbell war froh, dass Bailey das Verhör beendete. Es war alles gesagt worden, und sie würden sich nun bloß noch im Kreis drehen.

»Ich werde den Gefangenen direkt an unsere Dienststelle überführen und die Kollegen auf Streife informieren, dass es hier zu einem Schusswechsel mit einem Toten kam. Kommst du hier für den Moment alleine zurecht?«

Campbell nickte. Das Verhör war zwar beendet und der Schuldige abgeführt, doch er würde sich definitiv noch Zeit nehmen für ein letztes Gespräch mit Raphael Keller, denn das war er ihm auch ein Stück weit schuldig.

Epilog

»Ich danke Ihnen für die Kooperation, und möchte mich bei Ihnen dafür entschuldigen, dass ich die Situation zu zweidimensional gesehen habe«, sagte Campbell und drehte sich in die Richtung von Raphael um, der weiterhin auf der Couch saß.

»Es ist alles in Ordnung, ich nehme die Entschuldigung natürlich an. Ich kann verstehen, dass ich mich durch mein Verhalten mehr als verdächtig gemacht habe – aber ich konnte einfach nicht ein zweites Mal in den Keller. Wissen Sie... das mit der Mumie, das war keineswegs gelogen, aber ich dachte, sie halten mich für verrückt, wenn ich das in dem Moment, in dem Sie darauf gedrängt hatten, in den Keller zu gehen, sage.«

»Bei der Mumie handelte es sich ja vermutlich um Laurin Wiss. Oder was meinen Sie?«

»Also diesem... Ding, dem ich im Keller gegenübergetreten, bin, muss ich jede Menschlichkeit absprechen. Das kann unmöglich Laurin gewesen sein, sowohl von der Größe, als auch von den Bewegungen her. Zudem waren die Tücher, die wir ihm eben vom Körper gewickelt haben, auch nicht ganz so sorgfältig angelegt und nicht so verschmutzt. Diese Kreatur muss schon über Jahre in diesem Sarg gelegen haben, aber jetzt ist sie wohl verschwunden.«

Der Ton, den Raphaels Stimme annahm, sorgte dafür, dass Campbell eine Gänsehaut bekam. *Das kann doch nur Unsinn sein. Eine Mumie...* Obwohl er es gar nicht wollte, schweiften seine Gedanken plötzlich wieder in eine andere Richtung. *So kann man natürlich einen perfekten Mord verdecken. Doch ist es wirklich der richtige Weg, ihn in die Schuhe einer übernatür-*

lichen Kreatur, die gar nicht existieren dürfte, zu schieben?
Während er spürte, wie er sich wieder und wieder im Kreis
drehte, vernahm er ein leises Klopfen, welches aus der Richtung
der Verandatür zu kommen schien. Da die Vorhänge zugezogen
waren, konnte er nicht nach draußen blicken – weshalb er aufstand und sie aufzog.
»Das ist die Mumie, Officer.«
Raphael hatte sich ebenfalls erhoben, um sich das, was draußen
vor sich ging, anzuschauen. Campbell nahm staunend zur
Kenntnis, dass der Mann recht hatte. *Nein, das ist gewiss kein
Mensch. Dieses Ding scheint direkt aus einem Horrorfilm ent-
sprungen zu sein.* Die Bewegungen, die die Mumie ausführte,
waren nicht besonders schnell, dafür aber extrem hartnäckig.
Sie klopfte wieder und wieder gegen die Scheibe, und versuchte, das Glas mit ihren Krallen zum Bersten zu bringen. Campbell hatte schon nach ein paar Sekunden genug gesehen – und
zückte seine Dienstwaffe.
»Können Sie mir eben mal helfen? Falls es sich wirklich um
keinen Menschen handeln sollte, werde ich das Ding direkt beseitigen.«
»Schauen Sie sich doch nur mal die Krallen an. Das sind doch
keine menschlichen Fingernägel«, murmelte Raphael.
Campbell tat schließlich genau das, und musste ihm umgehend
zustimmen. Besagte Krallen schabten weiterhin über die Glas-
scheibe der Verandatür, während die Mumie ihre Bemühungen,
die Tür von außen zu öffnen, noch weiter intensivierte.
»Sie haben recht. Könnten Sie auf mein Zeichen hin die Tür öffnen? Dann erschieße ich diese Kreatur, bevor sie noch mehr
Schaden anrichten kann.«
Raphael nickte.

»Geben Sie mir einfach Bescheid, wenn Sie bereit sind.«

Ein paar Minuten später befanden sie sich in der Küche. Sie hatten das Wohnzimmer verlassen, da die Mumie nicht nur schrecklich aussah, sondern auch einen Geruch nach Verwesung ausstrahlte, der kaum zu ertragen war. Es hatte nur einen einzigen Schuss gebraucht, um die Kreatur niederzustrecken, weshalb sie dieses Hindernis ohne Probleme hatten bewältigen können.

»Ich muss Ihnen noch etwas zeigen.«

Während der Nachmittag draußen bereits in den Abend übergegangen war, öffnete Campbell seine Brusttasche und holte die Kette heraus, die er am Mittag auf dem Weg zum See gefunden hatte.

»Kommt Ihnen dieses Schmuckstück bekannt vor?«

»Ja, die Kette gehörte Valentina.«

Irgendetwas hatte sich in der Stimme von Raphael Keller verändert, Campbell vermochte jedoch zunächst nicht einzuschätzen, was das denn gewesen war. *Er klang definitiv nicht mehr so emotionslos wie vorhin die gesamte Zeit über. Vielmehr traurig.*

»Sie hatte sie auf dem Weg zum See verloren, am Tag, bevor das Unheil seinen Lauf genommen hatte. Wobei es auch gut und gerne zwei Tage davor gewesen sein konnte, mein Zeitgefühl ist mir in den letzten Tagen komplett abhandengekommen. Irgendwie muss ich sagen, dass ich sie wirklich gemocht, wenn nicht sogar geliebt habe. Die Tatsache, dass sie mich offensichtlich hintergangen hat, ändert daran nichts. Ich glaube, sie war eigentlich eine gute Seele, und hat sich von Laurins Geld blenden lassen, woraufhin sie auf die schiefe Bahn gelangt ist, und das Unheil in Form der vielen Morde irgendwann nicht mehr aufhalten konnte. Schlussendlich hat sie dafür mit ihrem Leben bezahlt.«

»Wo haben Sie sich denn versteckt gehalten? Darüber haben Sie noch gar nicht gesprochen«, meinte Campbell und versuchte, das Gespräch so wieder in eine andere Richtung zu lenken.

»In einer Höhle in der Nähe des Gebirges. Ich habe gelebt wie ein Wilder. Obwohl ich meine ganzen Sachen noch im Ferienhaus hatte, konnte ich einfach nicht zurück. Ich schätze, die Spurensicherung hat das mittlerweile alles beschlagnahmt.«

»Sie werden natürlich alles zurück bekommen, das leite ich selbst in die Wege.«

Raphael nickte.

»Vielen Dank für Ihre Mühe, Officer.«

Raphael nahm einen Schluck Wasser aus dem Glas, welches Campbell ihm vor geraumer Zeit eingeschenkt hatte.

»Eine Sache habe ich allerdings noch mit Ihnen zu klären. Sie erinnern sich doch noch an eine der Fragen, die ich Ihnen gestellt hatte – die sie aber vorhin nicht so richtig beantworten konnten.«

»Worüber sprechen Sie?«

Campbell fühlte sich langsam müde, und spürte zudem, wie sich sein leerer Magen meldete. Er hatte ganz früh am Tage sein Frühstück zu sich genommen, genauer gesagt an einer Tankstelle auf dem Weg in Richtung Ferienhaus. Das war jetzt schon etwa acht Stunden her.

»Glauben Sie an Telepathie und Telekinese?«

Campbell erinnerte sich nun wieder an diesen Teil des Gespräches. Er hatte das Thema sogar selbst aufgegriffen, allerdings zu einem Zeitpunkt, an dem alles dafür sprach, dass Raphael Keller die Schuld an den Mordfällen trug. Da nun nachgewiesen war, dass der Mann komplett unschuldig war, konnte das Ganze nun also aus einem anderen Blickwinkel betrachtet werden.

»Ja«, entgegnete Campbell daher, und versuchte, sich nicht anmerken zu lassen, dass er damit nicht ganz die Wahrheit gesagt hatte. *Telepathie und Telekinese gehören zu den übersinnlichen Dingen. Aber eine untote Mumie, die mordend durch die Gegend streift, gehört schließlich auch dazu, oder nicht?*

»Versuchen Sie, Ihren Geist zu befreien. Dann kann es Ihnen tatsächlich gelingen, das zu sehen, was ich sehe – alles nur durch die Macht der Gedanken. Es ist kein Hexenwerk.«

Campbell ließ sich auf das Spiel ein, schloss die Augen und machte sich daran, seinen Geist zu befreien. Er spürte, wie alle negativen Gedanken in diesem Moment einfach von ihm abperlten – es fühlte sich an wie eine Dusche, ja, eine Art Seelenreinigung.

»Wie haben Sie das...?«

»Psst!«, wies Raphael Campbell an und schnitt ihm somit das Wort ab.

»Denken Sie, was Sie mir sagen wollen, und ich werde Ihnen antworten, ohne auch nur einen einzigen Ton zu verlieren. Die Kraft der Gedanken spielt hier eine immense Rolle.«

Campbell konnte sich nicht wirklich vorstellen, dass das funktionieren würde, versuchte es aber trotzdem.

»*Können Sie mich hören?*«, fragte er daher in Gedanken, und hielt die Augen geschlossen, bis schließlich eine Antwort in seinem Kopf entstanden war.

»*Oh ja, das kann ich. Klar und deutlich.*«

Campbell zuckte erschrocken zusammen, und warf Raphael einen fragenden Blick zu, woraufhin dieser jedoch nur grinste. Dieser redete daraufhin umgehend weiter – in den Gedanken von Officer Campbell.

»*Wissen Sie, Officer, ich habe ja schon von Anfang an meine Unschuld beteuert. Sie hätten diesen Fall schneller lösen können, und werden sich natürlich auch in Ihrem Bericht über den Mord an Ihrem Kollegen äußern müssen. Es hätte nicht so weit kommen dürfen, wenn Sie von Anfang an Ihr Vertrauen in mich gesetzt hätten. Ich möchte einfach nur, dass Sie bei der künftigen Bewertung von Verbrechen mit etwas mehr Augenmaß vorgehen, und die Dinge aus anderen Winkeln sehen.*«

Bevor Campbell sich eine Antwort überlegen konnte, hatte Raphael das Wasserglas mit einem weiteren Schluck geleert und sich vom Stuhl erhoben.

»Wissen Sie, Officer, einige Dinge kann man einfach nicht aussprechen, so sehr man es auch möchte. Ich möchte Sie damit keineswegs kritisieren, nur anregen – eine andere Sichtweise kann in vielen Belangen hilfreich sein. Und nun muss ich mich von Ihnen verabschieden. Bitte bewahren Sie meine persönlichen Gegenstände auf, und sagen Sie mir, wo ich sie beizeiten abholen kann. Ich muss erst einmal klarkommen, und fürchte, dass das nur funktionieren wird, wenn ich ein paar weitere Tage in der Wildnis verbringen werde.«

Er streckte seine Hand aus, und Officer Campbell ergriff diese.

»Wir verwahren Ihre Sachen auf der Polizeidienststelle im Flughafengebäude. Sie müssen sich dort dann nur mit Ihrem Namen anmelden, ehe die Kollegen Ihnen Ihre Sachen aushändigen und Ihre Ausreise erleichtern werden.«

»Danke. Leben Sie wohl.«

Campbell sah Raphael Keller dabei zu, wie dieser zunächst die Küche und dann das Ferienhaus verließ. Für einen Moment empfand er sogar ein gewisses Maß an Mitleid für den Mann.

Er wurde erst von seiner großen Liebe hintergangen, und hat dann alle seine Freunde verloren. Nun muss er diese Rückschläge verkraften und sich in seinem Leben zurechtfinden. Campbell leerte seinerseits das Glas Wasser, welches sich nahezu unangetastet vor ihm auf dem Tisch befand, und dachte weiter nach. *Genauso, wie ich mich zurechtfinden muss. Ich sollte wirklich daran denken, dass mein Beruf nicht mein ganzes Leben ist.* Ja, er war sich sicher, dass auch er etwas aus dem heutigen Tage gelernt hatte. Wenn auch sein Einsatz an einem seiner wenigen, freien Tage, dazu geführt hatte, dass dieser Fall letztendlich gelöst werden konnte, so, da war er sich absolut sicher, würde er das niemals wieder tun können.

ENDE

ALLE

BÜCHER

DES

AUTOREN

mit Kommentaren des Autors

SPURLOS

2005: Lewis, Janet, Jeff und Liz erhoffen sich ein Abenteuer, ein Wanderurlaub in den Bergen – genau nach ihrem Geschmack. Trotz einiger beängstigender Vorkommnisse während der Fahrt in die Berge entscheiden sie sich, zu bleiben. Als sie allerdings auf die Rucksäcke einer verschollenen Wandergruppe stoßen und nach und nach mysteriöse Anzeichen auf deren Verbleib finden, beginnt ein Albtraum, aus dem es kein Entrinnen zu geben scheint…

1995: Idyllische, weite Wälder und glasklare Seen. Nichts anderes wollen Marcel, Inge, Matthias, Gudrun, Alexander und Ralf, als sie sich dazu entscheiden, einen Urlaub in den Bergwäldern zu machen.

Doch dann verliert sich jede Spur von ihnen…

„Spurlos ist schon ein besonderes Werk, da die Geschichte aus vielen verschiedenen Perspektiven erzählt wird. Der rote Faden führt den Leser immer wieder durch den Wald hindurch – und die Atmosphäre, gerade in der Lagune mit dem Wasserfall, ist einfach atemberaubend."

DAS GEISTERHAUS

Die vier Jugendlichen Marc, Blake, Jay und David wagen gemeinsam mit dem Einsiedler Joseph, Jays Bruder Danny und seinem Freund Neal einen Ausflug zu einem „Geisterhaus", um das sich zahlreiche Mythen ranken. Doch als sie eines nachts das Haus betreten, beginnt ein Albtraum, der nie zu enden scheint. Denn das Haus lebt. Und es sucht sich seine Opfer…

„Das Geisterhaus befindet sich tief im Wald und ist Quelle allen Übels, der sich in der Gegend abspielt. Was sich wirklich im Inneren abspielt, ist und bleibt vermutlich ein Geheimnis, auch, wenn Teile von ebenjenem Geheimnis beim Lesen des Buches gelüftet werden. "

LAGER DER FINSTERNIS

Zehn Personen wachen in einer verlassenen Lagerhalle auf. Zunächst können sie sich nicht erklären, wie sie dort hingelangt sind. Doch als ein Teil der Gruppe auf ein System unterirdischer Gänge stößt, entfesseln sie ein Grauen, das die Grenzen jeglicher Vorstellungskräfte überschreitet.

„Im Lager der Finsternis geschehen Dinge, die sich nicht erklären lassen. Auch hier ist das bekannte Waldstück wieder die omnipräsente Gegend, in die der Leser eintauchen und sich heimisch fühlen können – auch, wenn es eben eine sehr gefährliche Gegend ist. "

AUF DÄMONENJAGD IM LAGER DER FINSTERNIS

Die Dämonenjäger Marcus Young und William Collister verbringen eine Nacht in der Lagerhalle, in der sich vor kurzer Zeit erst schreckliche Dinge zugetragen haben. Sie installieren eine Kamera, um die paranormalen Geschehnisse per Video zu dokumentieren. Als Marcus in einem der Räume auf eine apathisch wirkende Frau stößt und wenig später verschwunden ist, begibt sich William auf die Suche nach ihm. Die deutlichste Spur führt tief in den Wald...
Währenddessen läuft die Kamera. Und zeichnet schreckliche Dinge auf...

„Auf Dämonenjagd im Lager der Finsternis ist zwar recht kurz, hat aber dennoch eine intensive Story, in der ich zum Beispiel das erste und einzige Mal eine laufende Kameraaufnahme beschrieben habe. Durch diese sollte es sich so anfühlen, als würde man selbst vor der Kamera stehen und einen Blick auf das Display werfen. Ob das nun wirklich gelungen ist, kann nur der Leser beurteilen. "

ARIZONA SPLASH

Bei der Eröffnungsfeier des *Arizona Splash*, einem riesigen Schwimmbad mit Außenpools, Saunas und Rutschen, werden zwei junge Leute entführt. Ihnen steht eine Nacht des Grauens bevor: im Inneren des Schwimmbades müssen sie sich nicht nur mit ihren sadistischen Peinigern auseinandersetzen, sondern auch mit einer Gefahr, die aus den Tiefen eines geheimen Kellerganges zu kommen scheint.

Je tiefer Officer Charles Reinhart in den Fall vordringt, desto verwobener wird das Spinnennetz des Grauens. Die Killer schrecken offenbar vor nichts zurück – und richten ein Blutbad ungeahnten Ausmaßes an...

„Das Schwimmbad war definitiv ein sehr interessanter und auch neuer Handlungsort. Dort, wo Familien und Freunde miteinander Spaß haben, befinden sich tiefe Abgründe. Die Atmosphäre hier hat einfach nur Spaß gemacht. "

WILLKOMMEN IN KINMARK

Kurz vor Dienstschluss wird Officer Gilbert Smith zu einem Einsatz gerufen: der Fahrer einer Dodge Viper befindet sich nach einem Unfall auf der Flucht. Eine Verfolgungsjagd und ein darauffolgender Unfall führen den Officer über den Highway tief in die Solven-Hills und das beschauliche Dorf Kinmark. Je tiefer er in die Geheimnisse des Ortes vordringt, desto deutlicher wird ihm, dass er sich in einer tödlichen Falle befindet, aus der es kein Entrinnen zu geben scheint...

„Bei Willkommen in Kinmark steht die Idylle im Vordergrund. Malerische Landschaften, ein abgelegenes Bergdorf – was kann es Schöneres geben? Nun ja, so einiges..."

CAMP SEASIDES MÜHLENSCHATZ

Die vier Freunde Jaxon, Natalia, Maxwell und Laura freuen sich auf einen mehrtägigen Campingurlaub auf dem Gelände des *Camp Seaside*, einem Platz mit einem Badesee und einer alten Getreidemühle. Bei einem Rundgang im Wald entdecken sie einen Brief, der ihnen einen Schatz in den Tiefen der Mühle verspricht. Sie lassen sich auf die Suche ein - und beginnen damit ein Spiel, bei dem eine Menge Blut fließen wird. Denn im Inneren der Mühle lebt der Tod. Und er fordert seinen Tribut...

„Sommer, Sonne, Campingplatz! Direkt in der Nähe einer alten Mühle befindet sich das Camp Seaside. Viele Schauplätze an diesem Ort sind inspiriert durch meine Kindheit, in der die Wochenenden eben auch auf einem Campingplatz verbracht wurden. Eine Mühle gab es da zum Glück allerdings nicht."

FENNERLEYS GRAUEN

Aus dem einst belebten Dorf Fennerley verschwanden vom einen auf den anderen Tag alle Einwohner spurlos. Ein sechsköpfiges Forschungsteam macht sich daran, den Begebenheiten auf den Grund zu gehen. Die Suche gestaltet sich als sehr schwierig – bis dem Team ein Durchbruch gelingt, der jedoch schwerwiegende Folgen zu haben scheint...

„Fennerleys Grauen besteht aus zwei großen Teilen. Der Klappentext verrät allerdings nur einen, nämlich den letzten – wobei der erste, der auf dem Eisbrecher „Starsun" spielt, tatsächlich auch sehr interessant ist. Die Atmosphäre innerhalb der Geschichte ist ziemlich düster, ja, zeitweise sogar bedrückend. Man spürt nahezu am eigenen Leib, wie sich die Charaktere vor Ort fühlen."

DAS AUGE DER VERDAMMNIS

Die Gewinner eines Casino-Gewinnspiels, unter ihnen auch die achtundzwanzigjährige Gabrielle Linden, treffen sich zu einer exquisiten Party in der noblen Baker-Villa, die einen besonderen Ruf in der Gegend hat. Doch der Abend verläuft anders als geplant – denn tief im Inneren des Anwesens befindet sich das Auge der Verdammnis. Für Gabrielle beginnt ein Wettlauf gegen die Zeit, und schon bald ist das Seil zwischen Realität und Wahnvorstellung zum Zerreißen gespannt...

Was gibt es schöneres, als eine alte Villa? Es gibt nicht viele Schauplätze, die für eine spannende Geschichte so maßgeschneidert sind. Zudem ist während der Story etwas ganz Besonderes passiert – ich habe den Fortgang der Geschichte in

Teilen geträumt. Dass ich danach das Licht anschalten musste,
um weiterschlafen zu können, spricht glaube ich für das Buch. "

MA'AHKHALO – DIE INSEL DER MYSTERIEN

Sommer, Sonne, Strand – der perfekte Urlaub für Adam und
Karen Singer. Gemeinsam mit Sage und Connie, einem Ehe-
paar, welches sie im Strandhotel kennenlernen, begeben sie sich
auf die Insel Ma'ahkhalo, die von außen recht idyllisch wirkt.
Doch der paradiesische Schein trügt – schon bald wendet sich
das Blatt, und sie befinden sich mehr als einer tödlichen Gefahr
gegenüber…

„Die vermutlich bisher schönste Atmosphäre versteckt sich in
diesem Werk. Ma'ahkhalo ist jedoch eine Insel, deren erstem
Erscheinungsbild man keineswegs trauen kann. Hinter paradie-
sischen Stränden und Sonne satt verbirgt sich etwas Mysteriö-
ses. "

DIE NACHT DER SCHRECKEN

Nach einem missglückten Raubüberfall auf einen Juwelier findet sich Nicholas Winston in einem niemals endenden Albtraum wieder. Ein unbekannter Mann ist hinter ihm her, und hat
es auf einen magischen Ring abgesehen, welcher gar nicht in
seinen Besitz gelangt ist. Verzweifelt begibt er sich mithilfe des
Obdachlosen Carl auf die Suche – und er muss einsehen, dass
die schier endlose Nacht nicht nur stockfinster, sondern auch
blutig und voller Schrecken ist.

„Die Nacht der Schrecken ist so besonders, weil die Geschichte
eben nur in einer Nacht spielt. Innerhalb weniger Stunden kann

wirklich verdammt viel passieren.“

FRISCILLA – IM SPIEGELBILD EINER FREMDEN WELT

Als Lynn Roberts eines Tages ihren bestellten Taschenspiegel erhält, ahnt sie noch nicht, welche fürchterlichen Konsequenzen das Ganze nach sich zieht. Sie findet heraus, dass sie durch den Spiegel an einen mysteriösen Ort sehen kann, und entdeckt kurze Zeit später ihre Bekanntschaft Norman dort. Sie versucht, herauszufinden, wie sie ihn retten kann – und begibt sich in die fremde Welt, in der nichts ist, wie es scheint. Schon bald muss sie sich der wichtigsten Frage stellen: gibt es einen Weg, der aus dem Grauen herausführt?

„Auch in diesem Buch herrscht in Teilen wieder eine ziemlich bedrückende Atmosphäre. Zudem hatte ich beim Schreiben dieser Story wirklich einen Lauf, ich konnte an mehreren Tagen mein Tagesziel von fünf Seiten weit in die Höhe treiben. Die Geschichte entwickelt sich in viele verschiedene Richtungen, hat aber dennoch einen runden Verlauf und eine klare Linie.“

SCHLAFLOS

Nach einem nächtlichen Unfall auf einer nebligen Landstraße verwandelt sich das Leben des Busfahrers Austin Hobbs in einen Albtraum. Er kann nicht mehr einschlafen und erleidet furchtbare Visionen, sobald er die Augen schließt. Ein Wettlauf gegen die Zeit beginnt, und führt ihn geradewegs in einen Kampf gegen sein Unterbewusstsein, den er nicht gewinnen kann…

„Schlaf ist eines der Dinge, die zu den Grundbedürfnissen al-
ler Lebewesen zählen. Schlaflosigkeit ist daher etwas, womit
nicht zu spaßen ist. Die Story an sich ist durchaus ein wenig
mystisch angehaucht und führt den Leser in die tiefen Abgrün-
de der menschlichen Psyche. "

DAS FERIENHAUS

Ein Ferienhaus in den Bergen – der perfekte Ort für ein Verbrechen? Officer Rick Campbell versucht, herauszufinden, was es
damit auf sich haben könnte – und stößt relativ schnell auf einzelne Hinweise, die ihn Stück für Stück zur Lösung des Falles
führen.

Sechs Freunde aus der Schweiz unternehmen einen Ausflug in
die Rocky Mountains. Unter ihnen befindet sich auch der labile
Raphael Keller, der gerade aus der Psychiatrie entlassen wurde.
Doch statt Freude und geselligem Miteinander, entwickelt sich
die Reise schnell zu einem Albtraum…

„Am Anfang deutet nichts auf ein Verbrechen hin, doch einzel-
ne Hinweise verändern die Situation drastisch. Je tiefer die
Protagonisten in die Vergangenheit eintauchen, desto mehr
kommt am Ende heraus. "

FRISCILLA – BEGINN DER APOKALYPSE

Band 2 der FRISCILLA-Reihe

(Erscheinungstermin 08/25)

Eine einzige Kugel hat die Welt aus dem Gleichgewicht gebracht…

Während die Gruppe auf dem Planeten Friscilla weilt und herauszufinden versucht, wie sie ihn wieder verlassen und zur Erde zurückkehren können, ist dort die Apokalypse ausgebrochen. Tief in den Eagle Mountains in Minnesota gibt es einen Ort, der sich „Zuflucht" nennt, und ebenjene für alle verspricht, die sich ins Innere wagen. Doch zu welchem Preis? Harte Zeiten stehen bevor – und das ist erst der Anfang!

ICH BIN EIN VAMPIR

In einem kleinen Ort geschehen grausame Morde, die von der Presse als »Vampirmorde« tituliert werden. Der siebzehnjährige Gordon Beste zieht diesbezüglich seine Schlüsse und stellt daraufhin eigene Ermittlungen an, die ihn tief in seinen eigenen Freundeskreis führen. Er muss genau abwägen und wichtige Entscheidungen treffen - mit dem Hintergrund, dass er niemandem wirklich vertrauen kann. Auf einer Hausparty kommt es schließlich zum finalen Showdown - und die Frage, wer der Vampir unter ihnen ist, wird ein für alle Mal geklärt!

CRETHRENS – VERLOREN IN DER EISWÜSTE

BAND 1/4 der CRETHRENS-Reihe

Der jugendliche Oskar findet sich inmitten einer gigantischen Eiswüste mit neunzehn anderen Jugendlichen wieder. Schon bald erkennen alle, dass sie sich in einem perfiden Test befinden, bei dem es nicht nur um das blanke Überleben geht...

CRETHRENS – DIE FESTUNG VON GHIRON NAGH

BAND 2/4 der CRETHRENS-Reihe

Nach den Geschehnissen in der Eiswüste, die jeden einzelnen verändert haben, landen die Überlebenden mit einem Helikopter in einer verlassenen Stadt. Sie finden eine Karte und entscheiden sich dazu, zwei Orte aufzusuchen: eine mittelalterliche Festung und die unterirdische Stadt Ghiron Nagh. Alles scheint nach Plan zu laufen – bis das Schicksal wieder gnadenlos zuschlägt...

CRETHRENS – ODYSSEE NACH EHYGEA

BAND 3/4 der CRETHRENS-Reihe

Das Königreich Ehygea war einst ein Ort mit blühenden Landschaften, rauschenden Flüssen und endlosen Weiten. Eines Tages wurde der Ort von einer schrecklichen Katastrophe heimgesucht – seitdem besteht dieser nur noch aus finsterem Ödland. Die Überlebenden drängen nach und nach in die Geschichte des düsteren Ortes vor – und müssen feststellen, dass ein großer

Kampf um Leben und Tod bevorsteht, der über die Zukunft des gesamten Planeten entscheidet.

CRETHRENS – MEMOIREN

BAND 4/4 der CRETHRENS-Reihe

Über Australien in die Antarktis – auf mehr als 650 Seiten wird die Vor- und Nachgeschichte der Gruppe beleuchtet. Zwischen Blut, Schweiß und Tränen lernen die Jugendlichen einander kennen – und kommen an die Grenzen ihrer psychischen und physischen Kräfte.

„Die Crethrens-Reihe ist eine Reihe, die mich durch meine Anfangszeit als Autor begleitet hat. Während am ersten Teil bereits im Jahr 2015 geschrieben wurde, wurde der letzte schließlich 2022 fertiggestellt. Das waren sieben sehr intensive Jahre, in denen stets und ständig an den Figuren gearbeitet wurde. Ein besonders merkwürdiges Gefühl war es, den vierten Band zu schreiben, da hier 2/3 der Story vor den Geschehnissen des ersten Buches spielen. Dennoch habe ich es sehr genossen und ich würde jederzeit wieder in diese Welt eintauchen wollen!"